民国
掌故

畏庐琐记

林 纾

——著

中 华 书 局

图书在版编目(CIP)数据

畏庐琐记/林纾著. —北京:中华书局,2023.6(2024.11重印)
ISBN 978-7-101-16223-3

Ⅰ.畏… Ⅱ.林… Ⅲ.笔记小说-小说集-中国-现代
Ⅳ.I246.1

中国国家版本馆 CIP 数据核字(2023)第 087432 号

书 名	畏庐琐记	
著 者	林 纾	
责任编辑	杜艳茹	
装帧设计	刘 丽	
责任印制	陈丽娜	
出版发行	中华书局	
	(北京市丰台区太平桥西里38号 100073)	
	http://www.zhbc.com.cn	
	E-mail:zhbc@zhbc.com.cn	
印 刷	河北新华第一印刷有限责任公司	
版 次	2023 年 6 月第 1 版	
	2024 年 11 月第 3 次印刷	
规 格	开本/880×1230 毫米 1/32	
	印张 5 插页 2 字数 90 千字	
印 数	2101-3100 册	
国际书号	ISBN 978-7-101-16223-3	
定 价	28.00 元	

出版说明

　　林纾（1852—1924），清末民初文学家、翻译家。字琴南，号畏庐，别署冷红生、践卓翁、蠡叟等，福建闽县（今福州市）人。自幼家贫，刻苦向学，博学强记，能诗能文能画，有狂生之号。光绪八年（1882）中举，但此后屡试不第，遂弃举业，专治古文。曾任教于福州、杭州、北京等地书院、学堂，被公认为古典文学的最后一位大师。

　　林纾的声名，主要缘于林译小说。1899 年，一部《巴黎茶花女遗事》洛阳纸贵，使其暴得大名。林纾一生译著百余种，其中不乏莎士比亚、科南·道尔、雨果、巴尔扎克、狄更斯、易卜生、托尔斯泰等名家的著作。钱锺书曾在《林纾的翻译》一文中说，自己就是读了林译小说而增加了学习外国语文的兴趣。与数量庞大的译著相较，林纾留下的著作亦不少，有《畏庐文集》《畏庐诗存》《闽中新乐府》《京华碧血录》《畏庐漫录》《畏庐琐记》《韩柳文研究法》等。其生平最推重古文，对康有为"译才并世数严林"的评价不以为然。

　　据时人臧荫松所言，林纾撰写的笔记不下千则，最初于

1912 至 1913 年发表在《平报》的专栏，署名"餐英居士"。1916 年曾选取部分作品编为《铁笛亭琐记》出版（都门印书局），1922 年结集出版为《畏庐琐记》（商务印书馆），篇目上互有出入。该书一度畅销，至 1929 年已推出第五版。《畏庐琐记》是一部笔记体短文集，共 230 余则，大部分故事均为其亲闻目睹，涉及清代以来官场野史传闻、民间流风遗俗、外国奇事、文学掌故等等，个别篇目甚至语及灵怪，反映了包括民间信仰在内的社会百态。每则文章篇幅短小，语言简练，叙述生动。林纾是近代中国新旧文化思潮碰撞中的一个标志性人物，《畏庐琐记》很能反映风气初开、新旧文化并立的时代特征，读来既能增广见闻，其语言也别具风味。钱锺书评价《畏庐琐记》："多载狎亵事，窥见此老本性，诙谐可喜。《畏庐漫录》亦然。小考订亦多可观。"

　　本次出版，以 1922 年商务印书馆《畏庐琐记》为底本，并加以新式标点。《回教不食猪肉之故》一篇未收入。《铁笛亭琐记》初版时，臧荫松曾为之作序，现将该序附于书后。对明显的误字，以〔 〕标正字于后；补字加〈 〉表示；形近而误之字则径改。

中华书局编辑部

2023 年 3 月

目录

酒　戒

　　某甲者，酒徒也。长日沉湎，遂成酒病。一日谓人曰："酒之累人深哉！吾冷饮，则伤肺，咳且弗止；恶冷而爇菅使之热，又伤吾肝，状若怔忡然。甚哉酒之累我也。"人曰："胡不止酒？"甲曰："止酒将伤吾心矣。综三者计之：老而咳，恒病也；怔忡亦非能死人者；若伤吾心，吾有生将何乐？"余谓某甲达生者也。酒中既多味，胡必因小病而祛之？甲重伤其心，所见大矣。

馋　人

　　有所谓馋人者，忘其名。凡朋友聚饮，彼必与席，调诙狎弄，恣人所侮，惟一饱之图。久之，颇见恶于人，聚饮时，必择其幽僻处，不令馋人知之，然皆能得，若蝇之逐臭而至。一日，众饮于江船之上，馋人踵至岸上，知不得渡，适人家有巨筒置岸左，馋人推之水中，容与而达于舷次。众欲难之，乃下酒令曰："今日能作韵语者始入座。"

馋人请问其目。首座曰：“'模模糊糊，明明白白，容容易易，艰艰难难'十六字为母，其上加以韵语。如：天之未雪也，模模糊糊；雪之下天也，明明白白；雪之化水也，容容易易；水更成雪也，艰艰难难。”馋人曰：“易耳。吾之未得汝也，模模糊糊；及以筒就舷也，明明白白；汝之请我也，容容易易；我之报礼也，艰艰难难。”众相顾失色，无如之何。

送　老

“送老虀粥甘于肉”，此“送老”二字，似谓终老也。闽语凡人带隐疾久不愈者，亦谓之“送老病”。宋周去非撰《岭外代答》所云“送老”，则为嫁女之名词，“言将别少年之伴，送之偕老也”。“嫁女之夕，新人盛饰庙坐，女伴亦盛饰夹辅之，迭相歌和，含情凄惋，各致殷勤，名曰送老”。其调，静江人则倚《苏幕遮》为声，钦人则倚《人月圆》。皆临机自撰，不肯盗袭，其间乃有绝佳者。

《南园记》

陆放翁代韩侂胄为《南园记》，一时士论哗然，可谓冤极矣。《南园记》中前半叙园之景物，处处责之以韩忠献之忠，于侂胄未尝贡其谄词。文之末段则曰："游老病谢事，居山阴泽中，公以手书来，曰：'子为我作《南园记》。'游窃思公之门，才杰所萃也，而顾以属游者，岂谓其愚且老，又已挂冠而去，则庶几其无谀词，无侈语，而足以道公之志欤？"放翁之意，始终未有所希冀于韩，不过彼来乞文，以忠献之故，不能峻却，初非中慑于权贵也。篆额者为吴琚，国戚也，以填词名于南宋。人何以不责琚而专责游？严嵩《钤山堂集》，唐顺之亦为之作叙，卒无损于荆川。后人不读《南园记》，而争诋放翁，宜乎随园老人有所谓士论群吠声也。

茄

闽人读"茄"如"桥"。"桥"者，闽语势之别名也。对妇人言，恒名茄曰"紫菜"。旧有妇人行道，问路于轻薄子。轻薄子曰：自某紫菜，转入某紫菜，再登一紫菜，南向有门者，是也。妇人不解，而闻者已捧腹。余按，五代钱镠据杭时，子跛，镠钟爱之。谚谓跛为瘸，杭人讳之，称茄为"落苏"，即紫菜之意也。见王辟之圣涂《渑水燕谭录》。盖流俗之讳，古今同也。

请旌有夫节妇

余友周辛仲广文，在台湾时，以旌表节孝为事。台湾风俗靡，广文欲振刷女界，使之励节。门斗纪某，见而心艳之。一日，忽入长跽言曰："请官为小人妻请旌奖。"广文曰："若妻行孝乎？"曰："否。为夫守节耳。"广文曰："汝在，若妻安云守节？"门斗曰："及小人未死而请旌；小人死后，或不失节。"广文大笑，斥去之。

羊出袖中

直隶诸属，每遇上丁祀圣，屠户具羊豕，学官必屡斥其瘦瘠，虽十易皆不适于用，必屠户纳资于广文，始诺。有宰羊者，于省牲之夕，羊仍弗至，县中飞签促之，宰夫始徐徐入，宽衣博袖，袖中沉沉有物。吏曰："汝职供羊，羊至乎？"曰："至矣。"袖中出小羔。吏曰："羔焉足祀？"宰夫曰："另有一物。"因出钞十余千，且曰："羔瘠小，此所以助羔之肥，且使之硕大也。"吏笑，宰夫岸然而去。

泉州海寇

余前二十年，授徒自活。有泉州陈生，言其家有大舶，海行遇劫，贼尽去矣，船中货物一空。船人方检点余物，忽闻舱底有人鼾声，则一贼方吸芙蓉膏，把枪浓睡，遂捉而之官，枭首示众。余闻而笑曰："此事与明末状元陈于鼎相类。"于鼎通海寇，下狱。值新年畅饮，就枕之后，梦魂甜适，日高方起，时为辛丑年正月。起视狱中一空，门已反扃，乃骇呼。门外人大惊，谓昨夜三更，恩诏大赦，囚人尽行驱释，赍诏官出入高呼者三，岂独无耳耶？大司寇为之具疏。上大怒，即日处决。然则一时之鼾睡，竟枭其首，状元与海寇同塞矣。于鼎事，见《谈往》。

占　梦

浙西于忠肃庙，人争宿其下，祈梦往往有验。其事见之陆云士《湖壖杂志》。吾乡之九鲤湖仙，其灵应滑稽，或过于于庙。有士子应试之前，其友引至九鲤湖仙宫求梦。士子曰："仙乎？直不如吾势耳，吾但谓之势仙。"是夜，梦中果见一仙人，题诗其掌曰："尔胆巨如天，称我为势仙。吾势冲尔口，血流满口边。"士子大窘，以亵语为仙所闻，故仙亦报之以亵语。是科获隽，始大悟，口中为势所冲，适作一"中"字。"中"字之旁，加以朱笔点发，作血色，即成一中式之"中"字。仙虽游戏，固不打妄语也。

占梦二

有祈子者二人，同宿仙庙。仙各予一梦兆，乙问其仇，甲问卖鱼者。甲与卖鱼善，知必得佳语。乙则往问其仇，知决无幸。顾乙妻望子切，怂恿其夫令往。乙不得已，晨叩仇家之门，仇问为谁，乙作柔声，述其名姓。仇怒起，开门问曰："汝何言？"乙曰："吾祈梦于仙，问有子嗣否，仙言问汝。"仇大怒，伸两中指向其面曰："有有，汝鸡巴子也。"闽人斥无咸曰鸡巴。乙奔归，大喜，谓其妻曰："吾得两男子矣。"已而果然。甲晨起即见卖鱼者，卖鱼举一小鲨鱼向之曰："此鱼甚佳，空腹无子，烹之甚甘脆。"甲为爽然。

占梦三

某科有父子同应试者，父四十，而子二十。家贫望榜切，则同至仙宫祈梦。父无梦，而子则云问诸饲鸭者。下山值雨，果见一人驱鸭群出。鸭得雨大乐，四向赴湫而浴。饲鸭者不能聚其鸭，方大怒。子性急，欲造问，父止之，不可。饲鸭者方以竿麾鸭合群，为占梦者所惊，鸭复散，则怒不可抑。祈梦之子径前述所梦，问能中否。饲鸭者大呼曰："中哉！唯与尔母同寝者中也。"盖报以嫚语，用泄其怒。父遥闻而笑，谓其子曰："速归，吾中矣。"

闽音与《说文》通

闽人喜操土音。每燕集，一遇乡人，即喋喋不已。然他省人无一字能解者，故恶闽人刺骨。实则闽音有与古音通者，今略举数条。如闽语谓物将裂未裂者，谓之"必"；《说文》："必，分极也。毕聿反。"徐锴曰："分别之极也。"闽人泣不出声曰"唏唏"；《说文》："哀痛不泣曰唏。虚斐反。"闽人高举其足曰"趰胶"；《说文》："趰，行轻貌。一曰趰，举足。牵遥反。"闽人怒而背人去者曰"趚趧"；《说文》："趚趧，怒走也。"徐锴曰："直去不低视也。"闽人谓目转曰"睩"；《说文》："睩，目睐谨也，读若鹿。卢木反。"闽人谓曲而不直之语曰"樛"；徐锴曰："樛，木下曲也。"闽人呼日暮曰"暜"；《说文》："暜，且昏时也。"闽人谓手足麻木曰"瘅"；《说文》："瘅，足气不至。"闽音读作"瘅"。闽人谓不称意者曰"歜"；《说文》："歜，盛气怒也。尺玉切。"闽人语行缓之人曰"笃笃"；《说文》："笃，马行顿迟也。"闽人谓冷天曰"瀌天"；《说文》："瀌，冷寒也。"诸如此类，不一而足，然则闽音又安能尽斥之为蛮语哉？

某侍御送别诗

江杏村于前清时，以直言见黜而去。士大夫争为诗文以送之。满洲某御史亦作一绝句云："不是无言不敢言，有言未必能尽言。而今果有能言者，江姓春霖甫杏村。"杏村得之，秘不示人。寻为其戚所传述，闻者捧腹。余谓此诗太直致，不如张献忠吊李中丞诗之曲折。张诗云："山前山后都是松，地平平地柳成阴。桃李笑柳柳笑松，千秋万岁总是松。"所谓"山前山后都是松"者，未临难以前，人人咸自命为忠臣。"柳成阴"句，则笑其弱干随风，无气节之足言。"桃李笑柳柳笑松"，是俗人议论，以小人讥君子意。至"千秋万岁"，则岁寒后凋之意也。余绎此诗时，余友某君大笑，以为施注苏诗，尚无此详尽。

檀道济

方前清甲午兵争时，朝士聚饮，太息以为非起檀道济不能了此局也。有满洲某侍御在座，即请书檀道济之名，珍重而去。明日上疏，请起复檀道济，着其统水陆军赴前敌。崇陵览疏大怒，军机极言不宜宣布，防为外人所讥，事遂寝。然较之《北史·薛荣宗传》，称已使斛律明月将鬼兵居前，及"见郭林宗从冢出，着大帽、吉莫靴，问臣'我阿贞来不'"二事，当面弄鬼，则某御史尚称实心为国。

某茂才

某茂才，讳其名，性滑稽，以讼师武断乡曲。某僧心弗善其所为，面指其短。某衔之，然不即发。一日，与僧同舟，夜宿于水际。甫辨色，某起，潜取僧衣着之，加以僧帽，登岸。岸旁有妇人晨浣，某抱而强接其吻。妇大号，某遁归舟，还衣帽于卧僧，仍蒙被伪睡。少顷，妇人告其夫，广集多人，见僧船仍泊旧处，则群趋下船，取卧僧于被池中，痛殴之。僧方惺忪，被楚痛极，乃不知祸之所自至。夫拳而妇詈，僧百口不能自明。一颦笑之微，所报如此之酷，某之智计亦狡矣哉！

三蛇羹

广东香山一带，多畜蛇为羹。其最毒者，首巨而扁，能挺立而逐人；次则黑白之纹间杂；又次则纯黑。凡为羹，必合此三蛇，去皮而取其肉，和以五味。每燕客，必得三十蛇。每一蛇值二圜，三十蛇则六十圜耳。蛇交冬始可食，经春毒发，伤人。畜蛇者，买山凿空豢养之。取蛇时，口嚼蛇药，探手穴中，蛇咬其指，蛇人则力拉其腕，药力和血，入诸蛇口，蛇毒解，而蛇如醉，引而藏之。闻每年鬻蛇，得洋锟几二十万。岭南盛席无不用蛇羹者，然其胆和陈皮，能治风痰。

露　兄

劝业场茶馆上，有题"露兄"二字为额。一夕与人同饮，执以问余。余曰："甘露哥哥耳。"其人疑余为妄语。他日，其人忽至余寓曰："检得之矣。此为漫士诗：'饭白云留子，茶甘露有兄。'昔人曾举以问米元章，米曰：'只是甘露哥哥耳。'然则君亦剿袭米氏之言耳。"余曰："元章之年长余千余岁，尚以哥哥尊之，吾胡敢妄称，则亦不能不哥哥之也。"

画　绢

余亲见唐画，觉其绢纹甚粗，又裱褙久，纹渐离裂，深疑非唐画也。后阅米芾论绢，吴道子、周昉、韩幹皆以热汤半熟，入粉，捶如银版，故作人物精彩入笔；若张僧繇、阎立本，则皆生绢。僧繇画，余不之见；若阎画则欧斋所藏之《帝王图》，盖真本也，验之，果生绢。

宿松石

及门孙步韩金事尊甫仰峰先生，宰宿松时，归装无长物，但小石数十而已。中有一石如剖卵，表里洞明，中有杂树十余株，枝叶扶疏，树外远水一泓，水外隐隐有云气，浸以清泉，树尤历历可辨。先生又曾得一小石，置之案头。一日，某巨绅过之，乞此石，先生未审石状，竟与之。某绅悦，请勿食言，既而侧其形示先生，则一卧猫也，状态弥肖，然悔无及矣。

宿松有兄弟分产不均，讼之县庭。先生临鞫，则田产适均，惟有一石，兄弟竞不相下，遂致讼阋。先生命取石视之，则石中有人纱帽笼袖，仰面看云，隐隐须眉皆见。兄弟言宁亡产，必得此石。先生召大贾鬻之数百金，分授兄弟，皆怏怏罢讼而去。先生言物议可畏，不然，虽典裘货马，亦当购之也。

李元霸、李存孝

余儿时从诸兄观剧，见李元霸运双椎，神勇无匹；而李存孝用铁挝，忠义之概凛然。童子无识，以为元霸果勇，而存孝且勇而忠。居恒怏怏，惜其惨死。迨长能读《唐书》，至高祖诸子传，高祖凡二十二子，窦皇后生建成、太宗、元吉、元霸。元霸字大德，幼辨慧，隋大业十年薨，年十六，初无武功。心为爽然。又读《五代史》，存孝为代州飞狐人，本姓安，名敬思，克用养子，赐姓名。猿臂善射，舞铁挝，捷疾如飞。剧中演其勇概，信矣！后乃附梁，克用围之，食尽，泥首请罪，车裂以殉。然则所云忠义者，诬矣。故家庭教育，当举人人所知之事，语以真际，一染小说及梨园之谬说，适足以病童子之脑筋。是不可不知。

小说杂考

《三国演义》为元人王实甫撰，《七修类稿》又以为明罗本贯中所编，金圣叹评为第一才子书。其书组织陈《志》、裴注及唐宋小说而成。前清入关时，曾翻译为满文，用作兵书。袁崇焕之死，即用蒋干偷书之谬说，而督师竟死于奄奴之手。然诸葛忠武之忠，非是书不彰；而曹阿瞒之奸，亦非是书不著。

《封神传》为小说中之最奇诡者。《归田琐记》曰："林樾亭言：昔有士人罄家所有嫁其长女者，次女有怨色，士人慰之曰：'无忧贫也。'乃因《尚书·武成篇》'惟尔有神，尚克相予'语，演为《封神传》，以稿授女。后其婿梓之，乃大获利。"考《周书·克殷篇》："武王遂征四方，凡憝国九十有九，馘魔亿有十万七千七百七十有九，俘人三亿万有二百三十。"魔与人分别言之，虽不知所谓魔者何谓，然亦足证小说之依托。广成子见《庄子》，赤精子见《汉书·李寻传》，托塔天王见《元史·舆服志》，哪吒见《夷坚志》，灌口二郎即杨戬，其说皆不为无据。

《西游记》咸传出元邱真人处机之手。然《冷庐杂志》曰："《西游记》推五行之旨，视他演义为胜，相传出元邱真人处机之手。山阳丁俭卿舍人晏，据淮安府康熙初旧志艺文书目，谓是其乡明嘉靖中岁贡官长兴县丞吴承恩所作。"

郑延平

郑君怀陔，前清戊子解元，郑延平裔也。相见京师，其人精熟《通鉴》，偶问辄能举其词，议论亦洞中兴废源头。一日，出郑延平像见示，纸高四尺六寸，中写画屏锦帐，似绣阁中景物，一美人临妆，发长委地，右手执梳，秀发握诸左手，回眸视一少年，丰颐广颡，长眉入鬓，不冠而帻，着深蓝衣，蛮靴佩剑。郑君曰："是吾祖也。"望之凛然。吾友杨君伯俞，与郑同里又同年，曾一展拜其像。言祠中联多有佳者，竟不省记，但对余述其八字云："凛凛生气，悠悠苍天。"郑君请余为祠堂记，余自审力薄，未之应也。

前清重科第

德清蔡启僔，庚戌状元；侄升元，壬戌状元。升元传胪时，有诗云："入对彤廷策万言，句胪高唱帝临轩。君恩独被臣家渥，十二年间两状元。"观此诗意，其人是否能有心天下者可知矣。然一时诗老，咸艳羡无已。朱竹垞题其《荣归图》云："记听句胪已十年，词头草罢擘宫笺。不知才子循陔后，琐院何人下水船。"又《早朝图》，陈泽州诗曰："青缣被暖火红绡，正是熏衣事早朝。几日金灯归院晚，天香须整侍臣貂。"王渔洋诗："沉香火暖护香篝，走马兰台露未收。晓日花间铃索动，内人催唤撰词头。"朱竹垞诗："遮莫鼕鼕画鼓频，披帷风定烛如银。绣墩只许狸奴卧，辛苦妆台拥髻人。"高江村诗："早识芙蓉镜下人，朝朝听漏却芳茵。屏山不羡双鹣宿，手作羹汤共苦辛。"查他山诗："水精帘卷月如钩，侍史妆成尽下楼。比似早朝还较早，不教君起看梳头。"以上诸诗，或赝或佻，均不类诸老平时面目。然此等题目，佳处亦仅能如此耳。

小 生

余居闽时，曾作书与一名辈，其人年鬓稍长，余自称曰小生。其人得书大笑，余闻之亦自愧悔不已，以投书非人，故蒙此讪。"小生"二字，见韩退之诗"小生何足道"，又《酬司马〔门〕卢四兄云夫院长望秋作》云"嗟我小生值强伴"，而吕和叔《渭海昏集序》云"不远数千里，授简小生"。此数事宋吴枋《宜斋野乘》曾引之，非我臆造。甚哉，不学之不足与语也。

南　台

余家居在福州城外南台，而城中轻薄少年咸以乡下老目余。夫以一城之隔，即分文野耶？南台居城外，无诸之钓台在焉，或即以此得名。按《蒋氏日录》，苏有姑苏台，故苏州曰苏台；相有铜雀台，故相州谓之相台；滑有测景台，故滑州谓之滑台。然则苏人、相人、滑人尽伧父耶？余老矣，久客在外，而轻薄子同客者，尚时斥余为南台人，殊可异也。

母子称谓

《四朝闻见录》：宋高宗欲以宪圣吴氏为后，谓之曰"俟姐姐归，当举行"，此姐姐指韦太后也。《说文》：小姐之姐，本蜀人呼母之称。然则亦称母为小姐矣。前清景帝则称孝钦为亲爸爸，直称母为父。或引《易经》"家人有严君焉，父母之谓也"。景帝之称爸爸，或且本《易》而言。或又曰，此劫胁之使称，似非本经意也。

翰林无耻

前清咸丰时，穆章〔彰〕阿为相，童某者官翰林，为穆门生。穆丧妻，童以文祭之曰："丧我师母，如丧我母。"黠者戏云："穆妻为母，则穆相当称穆考矣。"时陈官俊为师傅，童亦出其门，陈丧妻，孝子席苫于灵次，童请曰："天寒，世兄且处内，吾为兄任其劳。"而许乃普者，亦童之师也。许老病龙钟，童忽曰："老师夜起须人，门生媳妇善于承应，今夜当令褨被来侍左右。"许未及答，咄嗟间夫人已在门矣。于是同官戏作一额赠之曰"仰惟穆考"，又署联云："昔年入陈，枕苫及块；昭兹来许，抱衾与裯。"

《封神传》用事亦颇有来历

一日天暑，余家居苦热，偶出乘凉，见村店上有人然灯作宣讲状，其下围听数十人。余知为讲演义也，亦就听之。方言姜太公射死赵公明，用七箭书，行法曰十九日，而公明死。窃谓其设想甚奇。后观《小浮梅闲话》，中载《封神传》所称太公射死赵公明事。考《太公金匮》云，武王伐纣，丁侯不朝，尚父乃画丁侯于策，三旬射之。丁侯病，大剧，问卜，占曰："祟在周。"丁侯恐惧，乃遣使者诣武王，请举国为臣虏。尚父乃以甲乙日拔其头箭，丙丁日拔其目箭，戊己日拔其腹箭，庚辛日拔其股箭，壬癸日拔其足箭，丁侯病愈。赵公明事或即脱胎于此。今乃知文字一道，万不能仓卒将人抹煞。演义且然，何况人之专集？

温元帅

闽人祀泰山神甚虔，今庙毁矣。然泰山之辅相，名曰温元帅，又曰都统，面铜青色，狰狞如鬼，不知所出。余按《梦粱录》云，广灵庙在石塘坝，奉东岳温将军，锡封正祐侯。然《录》中所载，亦但循迹以记，究不能道温之出处。

奇　对

前清那拉氏当国时，恭亲王奕䜣适死，而德国亨利亲王来华。时翁常熟罢相，而夏同龢大魁。有人为作一联曰："恭亲王去，德亲王来，见新鬼应思故鬼；夏同龢兴，翁同龢败，愿贵人莫学常人。"华人诋外人为鬼，故有新鬼之目。夏，贵州人；翁，则常熟人也。贵人、常人，用思尤巧。

蜘　蛛

余友王君言在巴黎时，有餐馆绝巨，每食必一二百人，烹炙精良。一日，有高冠华服人与食，进酒炙无算。垂彻，得蔬菜，其人用刀叉翻弄久，忽起，大诧，以为肴中置毒。馆人防为座客所知，累其声誉，则引而去之，不取一钱。已而是人又至他处，亦复如是。乃检其衣囊中，得死蜘蛛三数枚，以食垂竟时，投蜘蛛其中。馆人防坠其声誉，必无敢校，因得大嚼而去。久之，事败，捉将官里，加以重罚。是皆王君所见者，述之，座客莞然。

琵　琶

欧西有乐器，类中国琵琶，弹之有异声。有熟食之肆，市肉及脯。一日，门外至一贫妇，挈幼子，可十一二岁，见脯趣其母入购。贫妇不得钱，请以琵琶为质，值二佛郎。逾日，有长髯伟貌衣华服临肆，见琵琶惊曰："此鲁意十四时，宫中所用乐也，能授我者，请以五百佛郎易之。"肆人不可，曰："此质物也，不能由我以鬻人。"髯请以一千佛郎易，又不可。髯曰："然则请此质器主人来时，以我里居告之。"匆匆草数字，郑重而去。肆人计髯以一千易此器，为器必古，果以五百与贫妇，转市诸髯，则得利吾亦居其半。明日，妇至，肆人请以五百佛郎易琵琶，贫妇不可。儿叹曰："食且不充，嗜古何为？"妇不得已，怏怏得五百佛郎以去。肆人待髯久不至，循其所书者迹之，亦藐然无得，始恍然坠人术中矣。

不缠足

缠足始于隋，然亦但约束令小而已，非缠作弓样也。冬郎诗言美人之足，亦云六寸。欧西妇人，颇以小脚为美，不过较男子为小耳，非极力束之如菱角者也。余在南中为《缠足新乐府》，闺中传诵，颇有化者。恒人竟以缠足之事，归狱于宋儒，冤哉冤哉！按宋白廷玉《湛渊静语》，伊川六代孙淮之族人，蕃居池阳，妇人不缠足、不贯耳，至今守之。然则耳且不贯，何缠足之有？古人固有大过人者，若妄揣度，直盲吠耳。

李廷珪墨

李廷珪墨，在东坡时已宝如拱璧，后此徒闻其名而已。余在杭州，有歙人吴姓，自云家藏李氏墨一小段，重一钱三分，作奚庭珪。吴君且言庭珪本姓奚，南唐赐姓李，故曰李廷珪。余按，《墨史》引《墨经》云："观易水奚氏、歙州李氏，皆用大胶，所以养墨。"又云，奚鼐之子超，鼏之子起，而别叙李超子庭珪以下世家。是族有奚、李之异，族有奚、李之分。吴君固不能合李、奚为一也。

说部多颠倒

说部中有不可解者，如称人之美必曰潘安，将"仁"字斥去；称潘美必曰潘仁美，却增一"仁"字。余前已论过矣。至于岳云，《宋史》列传为飞养子，从张宪战，多得其力，军中呼曰"赢官人"，每战以手握两铁椎，重八十斤，而说部偏以为忠武所生子。关兴者，壮缪子也，而《演义》

复以为养子。何所见而然？殊不可解。

蒙古语

　　二十四史中《元史》最劣。终明与清之世，元未尝亡也，其勋烈多在欧西。余曾译世界史，多叙蒙古事，皆《元史》中所不经见者。闻日耳曼古史，多载其事。若能精于德文，则《元史》或赖以修正。曾记一日叔子读《通鉴辑览》，忽问余曰："元人多名帖木儿、伯颜、阿木忽郎、不花之类，应作何解？"余瞠然，因忆《十驾斋养新录》中，有译蒙古语数则，模糊记得帖木儿者，铁也。乃检示叔子，则伯颜者，富也；阿木忽郎者，安也；不花者，牯牛也。盖蒙古人取吉祥之名耳。

方正学有后

　　前清未革命之前一年，有施姓下状礼部，请复原姓。自称为方孝孺后人，为人收养者，冒姓施，留其本姓于偏旁，今子孙蕃衍至数十，请予归宗云云。呜呼！燕棣之淫凶，杀人甚于闽、献，其灭正学先生十族，以为无噍类，顾乃有人，然则忠裔之存，固有天乎？按《峒溪纤志》载贞元十七年，吐蕃陷麟州，驱掠民畜而去。有僧曰延素，向其将徐舍人者乞命。舍人曰："余徐敬业五代孙也。"夫徐氏不满于武曌，至于族灭，而子孙竟有存者，矧正学之为人愈于敬业，乃反无后，有是理耶？惟此事曾一见王元美题《方氏复姓记》，言先生在围时，以其幼子托上海佘氏友，遂冒姓佘。今乃云姓施，然则正学另有一子托人耶？或即佘氏之误？顾前明已复姓矣，兹竟迟至四百余年，再请归宗，事有不可解者。然余终重正学，即冒为其后人，无伤也。

万　岁

或问余曰："民国立后，无论何地、何人、何事，苟致祝词，必呼万岁。然专制之国，则专属之皇帝，庶人不能冒称，何也？"余曰："此所以成为专制也。'万岁'二字，特古人庆贺之词。《韩非子》巫觋之祝人曰：'使君千秋万岁之声聒耳。'《冯异传》：时军乏食，赵臣将兵来助，并送缣谷，军中皆呼万岁。《马援传》：援封侯，掾史皆呼万岁。《耿恭传》：恭为匈奴所围，绝水，凿井拜，新泉涌出，众皆称万岁。《李固传》：固蒙赦出狱，'京师市里皆称万岁'。《晋书》：张祚淫虐，张琚杀之，国人皆呼万岁。《唐书》郭子仪执酒与回纥誓曰：大唐天子万岁！回纥可汗万岁！两国将相亦万岁！观此则'万岁'二字，不专为皇帝祝词，原可通称。民国之用此，盖复古也。"

场屋忌讳

前清乾隆时，会试文字有"饮君心于江海"句。御览时，大触所忌。乃广宣上谕，张之各省贡院，斥士子之失检，且云："此语原饮和食德之意，初无大碍，不过于文理欠顺耳。"实则此语出孟东野《章仇将军良弃功守贫》诗："饮君江海心，讵能辨浅深。挹君山岳德，谁能齐嵚岑。"高宗最博雅，乃亦未见此诗，而廷臣防上震怒，亦无道及者矣。

记孙生之言

及门孙生，一日忽语余曰："先生亦知世间贤子皆不孝，不肖子始知孝乎？"余愕然不知所谓。孙生曰："自光复以来，英英少年，皆跻显仕，又不屑华人家族之说，谁则念其亲者？亦有裘马丽都，而老父方蒙败絮者。叩之则谓二十岁后，子当另定门户，何能以衰亲自累？夫以少年为显仕，非贤子乎？充闾之誉方隆，而反哺之望已绝，转不如不肖子之有求于亲，逐日依依乞钱以去之为亲稳也。"余曰："子之心伤极矣。子所谓贤子者，自贤其贤，与亲无与也。所谓不肖者，盖枭獍食母之心而已。激而谓之为孝，正所以愧世之贤子也。然吾闻西人之年老者，恒爱家族主义，但以耶稣生日言之，前此百余年，家人亲戚大集而为欢。今子姓门户已分，转形寂寞，感今思昔，恒多泪流。果华人能明国家主义，国亦可强，虽不顾恤父母，尚曰公尔忘私。今兹以嫖赌之故，置亲于不顾，而曰吾国家主义也，孰则信之？"于是孙生太息，不对而去。

王懿德、吕荃孙

王、吕二君，在前清咸丰朝为福建督抚，不惬于民望，于是有人大书鼓楼云："总督王懿德，名藏两心，一心害民，一心误国；巡抚吕荃孙，姓有二口，上口食银，下口食烟。"余谓此意殆有所本。宋时聂崇义为世师儒，郭忠恕调之云：

"近贵全为瞆,攀龙即是聋。虽然三个耳,其奈不成聪。"崇义即"忠恕"二字,解其嘲曰:"勿笑有三耳,全胜畜二心。"与上联之意仿佛。

杂　种

前清彭雪琴先生巡阅长江时,能便宜行事,无论官吏民庶,为所检察,有罪即死。一日,微行至一茶肆,有剃发匠对人言:"不日彭杂种且至,众宜审慎。"杂种,指先生也。或云,先生怒而诛之。余谓必不至是。按姜南《投瓮随笔》:今人詈人之桀猾不循理者,曰杂种。按《晋书·前燕载记》"赞曰":"蠢兹杂种,奕世弥昌。""杂种"二字,盖见此。

元祐党籍

余家藏《元祐党籍》拓本,为蔡元长书,凡三百九人。本出广西,为亡友高䲧室先生所赠者,笔力险劲,书法与君谟大异,乱后为奴取去。余按宋〈费〉补之《梁溪漫志》,

元祐党籍只是七十八人，后来附益者不是。盖绍圣初，章子厚、蔡京、卞得志，凡元祐人皆籍为党，无非一时忠贤，七十八人者，可指数也。其后每得罪于诸人者，骎骎附益入籍。至崇宁间，悉举不附己者籍为元祐奸党，至三百九人之多。于是邪正混淆，其非正人而入元祐党者，十六七也。余家藏本，碑之最后处，有章惇名，然则子厚亦为忠臣矣。要之书法之佳，亦正不可漫灭。

天生对

前清四川高树、高楠兄弟，并为御史，而其乡人乔君则名树楠。时长学部者为长白中堂荣庆，而参议孟君则名庆荣。于是有人作对曰："乔左丞平吞两御史，孟参议颠倒一中堂。"余谓不如《梁溪漫志》所载"崔度崔公度，王韶王子韶"之天然。

宋绍兴中，冯侍郎檝，罗侍御汝楫，或戏为语云"侍郎侍御檝汝楫"，无能对者。时范检正同，陈检详正同，俱为二府掾属。徐敦济续云"检正检详同正同"，同时以为天生此对也。

青词式

《明史》载严分宜善青词，余少时不审青词是何格式，颇欲知之。迨读宋洪景严《汇辑翰苑群书》，始解其例。例曰：维年月日，岁次某月朔，某日辰，嗣皇帝臣某，谨差某衔威仪某大师，赐紫，某处奉依科仪，修建某道场几日。皇帝臣某，谨稽首上启，虚无自然元始天尊、太上老君，三清众圣，十极灵仙，天地水三官，五岳众官，三十六部众经，三界官属，宫中大法师，一切众灵，臣闻以下四六文云云。尾云谨词。

宋时人士上王荆公墓

王荆公墓，在建康蒋山东三里，与其子雱分昭穆而葬。绍圣初，复用元丰旧人，起吕吉甫知金陵。时待制孙君孚，责知归州，经从吕燕，待之甚厚。一日，因报谒于清凉寺，问孙曾上荆公墓否。盖当时士大夫道金陵，未有不上荆公坟者。五十年前，彼之士子，节序亦有往致奠者，时之风俗如此。曾子开亦有《上荆公墓》诗，事见《清波杂志》。

祖免齐衰

中国之字，有不能如字读者，一读人即大笑。如"牂牁"之读为"臧歌"；"取虑"之读为"趋闾"；"方与"之读为"房豫"；"曲逆"之读为"去遇"；"枹罕"之读为"夫谦"；"恶池"之读为"滹沱"；"休屠"之读为"朽储"；"身毒"之读为"天竺"，又读"捐笃"；"吐谷浑"之读为"突洛魂"；"万俟"之读为"木其"；不一而足。一日，乡人某君在友家为叶子格，有人以讣音至，座人读"祖免"为如字，闻者大笑。某君曰："尔引人发噱，大众将齐衰矣。"斗牌之败者呼为"衰"，某君亦读"衰"为如字，闻者尤笑不可仰。

以佳语名朝班

元李材《解醒录》曰："国初序朝，执政大臣谓之擎天班，玉堂清署谓焕璧班，言官法司谓之剑锷班，外戚谓之椒兰班，亲王谓之琼枝班，功臣将帅谓之豹首班，其余朝臣谓之随班。"余方述此时，有人曰："然则今之参、众两班，当名何班？"余未答。有人曰："参议院宜曰黄鹄班，众议院宜曰淋漓班。"余愕然，曰："何有此美称？"对曰："张某一去，则黄鹄不复反矣。不复反者，不能造反也，犹南人不复反之意。"余曰："淋漓何谓？"对曰："浓墨淋漓两相麻也。墨盒一飞，墨点溅及两议长之面，不成麻子耶？"余笑不可仰。

包孝肃大堂

广东之肇庆府，宋包孝肃出守地也。今其大堂尚存，双扉严闭，历朝太守至者，必焚香礼其门外，加以封条。堂前有井，石阑铁盖，亦久久弗开。有人外窥堂中，则积塈为公案，左右有数橱，其上皆故牍，尘封径寸，草生没踝。堂中陈酒瓮无数，屋亦渗漏，惟久久不塌。扉黯黯作朽色，亦不崩腐。所奇者木架之旧牍，在潮湿之老屋中，胡以仍存？此理殊不可解，意孝肃尚有神灵呵护其间耶？

李福泰

李福泰，闽之巡抚也。素以爱士自命，凡课士，必亲临督之。士有苦思不就，至严更尚未交卷者，李不耐，即朱书悬牌于堂皇曰："本部院岂能终夜不寝，陪尔辈作文耶？"见者愕然。然吾乡张燮钧先生，则大反李之所为。当督学湖南时，终夜忍寒坐待诸生，而吏役往来传呼索卷。先生谓学官曰："此辈毫无心肝，乃不许寒士构思，真暗无天日。"学官笑曰："天亦垂明，正恐不能无日。"先生亦为莞然，然终坐待不退。

左文襄

甲申马江之役，文襄督师，由上游取道入闽，将以兵复台湾。父老万众，环跪攀留。公太息挥涕，自责。嗣闻敌船复近梅花港，公立率所部出防。迨知谍误，始归。沿路安抚百姓，人人呼丞相万福，以中堂与宗棠嫌名，故易古称为丞相，比之诸葛忠武也。时公已老，尚时时骑马出游街市，见人屑糯米为丸，糁以糖屑，用瓦器以火温之。公见而大羡，一归，即遣人购取。公子孝同防其不利于老人，力谏不听。公怒，卒取食之。

《飞龙传》

《飞龙传》为述宋太祖龙兴时事，叙世宗登极，及陈桥兵变，似是而非。至云太祖有鸾带一条，伸之即为巨棒，此与孙悟空耳中金箍棒事相埒。余家居时，门临池上，毗舍即为社公之庙，戏台高出池上，凉阴四合。有陈华者，日讲演义，雅有声色，余亦时就听之。乡有老人年八十二矣，忽谓余曰："赵匡胤能使棒耶？"余前数月，适观《铁围山丛谈》，即应之曰："宋徽宗讲汉武帝期门故事。出时，宦者必携从二物，一为玉拳，一则铁棒。铁棒者，乃艺祖厌微时，以至受命后，所持铁杆棒也。"据此以观，则使棒事或有之。小说家用孙悟空事，称为鸾带所化，谬矣。

谢叠山母

余喜观龚云甫演《徐母骂曹》，有声有色，然词皆严厉，不如谢叠山先生太夫人为雍容也。《庶斋老学丛谈》载，元兵南下时，至上饶，拘谢母，必欲得其子。母曰："老妇今日当死，不合教子读书，知礼义，识得三纲五常，是以有今日患难。若不知书，不知礼义，不识三纲五常，那得许多事。老妇愿得早死。"且语言从容，略无愁叹之意。主者无如何，释之。呜呼！谢母之度，过徐母矣。

陶诗题甲子

陶诗题甲子，谓渊明耻事二姓，故自义熙以后，不标年号。此说始五臣之注《文选》。按宋曾季貍《艇斋诗话》，言渊明之诗题甲子者，始庚子，迄丙辰，凡十七年。多半晋安帝时所作。及恭帝元熙二年庚申，宋始受禅。自庚子至庚申，盖二十年，岂有宋未受禅前二十年，即耻事二姓，而但题甲子哉？此说本之虎邱僧思悦，亦自有理。

议员之口不如股

有浙西议员某者，起家州县，颇有能声，革命后罢官归里，自云以八千金购得投票，是捐纳之议员，非出诸科甲也。盖谓科甲者，由选举而得；捐纳者，以金钱得也。故入场时，未尝发吻而建议，恒示人自谓有权。人曰："既不建议，何由得权？"某曰："彼口不如吾股。彼纵有翻蓬之舌，而吾股不动，不肯起立而赞成之，则少我一人表决，仍归少数。是彼口大动，仍不如吾股之小动也。"闻者大笑。

以犬为戏

西人轻豕而重狗。以豕加人，则怒不可遏；若但言以犬，初不为忤。然中人之行谑，则轻豕而重狗。《朝野佥载》秋官侍郎狄仁杰嘲侍郎卢献曰："足下配马乃作驴。"献曰："中劈明公，乃成二犬。"杰曰："狄字犬旁火也。"献曰："犬边火，乃是煮熟狗。"余乡人尤本卢，字梅友，原名瑞琳。余师戏谓之曰："尔姓名皆与犬近。"尤愕然。师曰："卢非狗乎？诗曰'卢令令'，又曰'卢重鋂'，非耶？"尤曰："然则吾姓决非狗矣。"师曰："尤字乃犬之蹩者也。一足蹩，故不成犬，而成尤。"尤闻言，怫然而去。

同　名

近人姓戴，有名天仇者，奇矣，乃竟有同名者。余谓人之同名，如黄香叔夜之类，不一而足。舍人而论物，同名者尤多：木笔名辛夷，芍药亦名辛夷；风伯名飞廉，雀亦名飞廉；剑名鱼肠，竹亦名鱼肠；老君名李耳，虎亦名李耳；藤名扶老，鸟亦名扶老；虫名寄生，军装亦名寄生；鹯名晨风，马亦名晨风；草名屠苏，屋亦名屠苏；马名玉逍遥，牡丹亦名玉逍遥；其余不可考者众矣。

俗语有出处

闽人口头语，多云"不管他三九二十七，我总做去"。不知此语乃出《吴下田家志》："一九至二九，相唤不出手。三九二十七，篱头吹筚篥。四九三十六，夜眠如露宿。五九四十五，太阳当门户。六九五十四，贫儿争意气。七九六十三，布衲两头担。八九七十二，猫儿寻阴地。九九八十一，犁耙一齐出。"然九九八十一，又见《国策》颜率语，大抵俗语中用之，指结局也。

两头共身人

前二十余年，余乡居，有人传述桥南有异童，两头共身。观者予以小洋钱一枚，即与人谈话。余即日临观，果见此童子，年十一岁，面目如一，骈立，腹上有肉相联，脐眼即在此横肉之下，肾囊作紫色，大如鹅卵，联臂跳掷，甚轻捷。予之酒，此饮彼亦同醉。其父年三十余，对余言二人时亦忿争，遂不共枕，纽转其腹肉，东西各睡，乃无所苦；唯病则同病。余思此二人者，死必同死耳。后乃不知其所适。

按此等事，古亦有之。汉中平元年，洛阳刘仓居上西门外，妻生男两头共身。愍帝建兴四年，新蔡县吏任侨，妻胡氏产二女，腹与心相合，自胸止，脐以下分。内史吕会上言："案《瑞应图》，异根同体，谓之连理。草木之属犹以为瑞，今二人同心，天垂灵象，故《易》云：'二人同心，其利断金。'斯盖四海同心之瑞，谨图画上。"识者哂之。

拆字术

古之拆字称神者，如《春渚纪闻》之记谢石，《说海》之记周生，《泊宅篇》之记蔡京坐客，《桯史》之记琵琶亭术者，《夷坚志》之记朱安国，皆奇验如响。然皆无如余门人范开伯所言为妙。范在扬州时，有以拆字称神者，每日必有数十人集观。一日，有人书一"岑"字求判，术者不应。来人怒曰："尽人皆可问，何独靳我？诓我无钱耶？"术者曰："言之将为君批颊，万不敢言，亦不受值。"众大异之，争为力请决无批颊之事。术士举笔，将"岑"字中间，涂一巨点，但露其上下锋末，成为"●"字，笑曰："来客将以夫人为倚门事耳。"求卜者以手掩面，窜身而去。

祈　雨

　　闽中有白岩者，岩下泉穴二，居人号为龙目。危石插天，微径斗绝，蛇行乃可上。上时岩顶作四方形，直下千尺壁立，观之眩晕。人恒以胸贴石，伸首于外，下瞰岩腹。穴中出飞泉二道，一清，一为石髓，作粉白色，交泻石槽之中。槽亦二穴，受泉后向下而射，然清泉与石髓不混。石髓左泻入槽者，则右出槽穴；清泉右泻入槽者，则左出槽穴。祈雨之法，用锡为汤婆形，以绳下试，抽提摇之，中有水声者，例得雨，无声则否。

祈雨二

又有所谓龙王吐水，则在宁德之县，有危石作纱帽形。行人旋螺缘石纹而上，石尽，入一巨洞。洞四周壁立，上有天光，入者如在井中。祈雨之巫，以巨绳密缀铁钩，向上力掷，钩挂井阑之上。巫复挈一绳，缘前绳而上。就其上，落其所挈之绳，余人以两足践钩，两手攀绳直上。既出洞井，行里许，复见一洞，深沉如墨，以火炬照壁上，作赭色，大书"龙王吐水"四字。然"龙王"二字照之立见，"吐"字已隐，"水"字更难见。若照见"水"者，雨立沛。更入则石壁凿为龙形，泉脉自龙口出，泉泻石槽中，众争掬饮。其旁有石釜，上积木炭，人携一炭下山，名曰"平安炭"。或言山斗如是，谁储此炭者？余曰："是巫作伪以欺人，此易辨耳。"

菜佣工杀人

闽中得海盗，动辄数十，骈戮北郊，尸首纵横，状至狞厉可怖。前清咸丰时，获海盗五十余人，伍伯决囚，刀数下不能殊，则锯杀之，囚悲号。有菜佣吴甲，年十九，见而怜之，乃大訾伍伯，以为无良。伍伯曰："汝能，则试为之。"
吴甲释担，取刃，决三十四囚，刀过首落，而甲神宇镇定。
官见而异之，立收入伍为兵，主决囚事。故事，决一囚，得
钱一千。吴甲得三十四千，荷担而归，侈陈于其父。父闻言
大怒，力掷其钱，痛杖之，三日不已。甲走哭于武官署门，
求退伍。官不可，寻其父以状入，始允。呜呼！业杀人者非
良，若卖菜之翁，亦可云为子善择术矣。

观音影

　　方广洞天，石华结为"云山月照"四大字，显然可辨。
洞之深处，经月光映射，隐隐现一观音，长身执瓶，首微
俯，长巾自其背下垂，历历如画，无月则否。余日中秉炬入
照，并无所谓观音者，即极意摹拟之，亦无一似。向夜月
出，自远内窥，则盈盈又现一观音影矣。其事至不可解。

西湖画舫

　　西湖画舫，大者愈钝，较诸瓜皮，迟可二十倍。然用

之容与中流，觞咏娱适，则可；欲以是遍历湖上诸胜，日不能两三处也。湖舫中有水月楼者，中署一联，集宋词曰："双桨来时，有人似桃根桃叶；画船归去，余情付湖水湖烟。"一姜白石，一于〔俞〕上舍，均南宋杰作也。语至天然。

唐六如画

六如画法，与王雅宜山人同。六如用笔如悬针，有时皴法不用侧笔。余幼时见其《秋山行旅图》，树法槎丫，一一向西，风力至横，其下一客，状至仓黄。上题一诗云："廿年行旅向关山，纨绔何知行路难。今日酒杯歌袖畔，浑忘门外是长安。"书法娟媚入骨。后此见六如真本十数，实以幼时所见为第一。家藏雅宜山人秋色长卷，笔锋劲峭，良不及六如之工而有致。

五行五方妙对

前此都下工部衙门灾，尚书金公合匠民大治之。有人出对句，以五行分按之，句云："水部火灾，金司空大兴土木。"一时无能对者。后此有某舍人，自南方来，人极丰肥，自矜为南人北相，终身贵不可言。于是轻薄子即取为对句曰："南人北相，中书公甚么东西。"见者大噱，舍人无如何也。

辰州道士

河南田公太夫人病痰，久不愈，顾年高不能入峻剂。有言辰州道士能以符篆止病者，公召而试治之。道士作符后，以手扪太夫人之项，问痛否。太夫人曰："其螫余如蚁吻也。"实则道士已以刀启其项，长可一指。乃用芦竹，张其皮，斗然痰自中出，至二巨碗。道士合其创，以手扪之曰："愈。"皮即如故。不知是何术也。

左文襄、宝文靖

故事，大学士到任，必到翰林衙门。文襄以举人入阁，不由馆选，至时深以为愧，即自调曰："适从何来？遽集于

此。"闻者粲然。宝文靖一生喜诙谐，既至，亦笑谓左右
曰："歇后郑五为宰相，时事可知矣！"二公吐属皆风雅。
若光绪时，刚毅读皋陶之"陶"为陶潜之"陶"，又称舜为
"舜王"，自愤无文，则深与士大夫为难，肆詈及于孔圣，宜
乎其有庚子之乱也！

李三顺

　　李三顺，阉人也。年十五六时，孝钦太后命将物事赐
醇邸七福晋，行及午门，为护军所止，检视盒中何物，三顺
不听检，遂哄阅。久之，三顺置盒于地，奔奏太后，言守门
护军不听出。孝钦适病，大怒而哭。慈安来省，问状。孝钦
曰："吾病未死，而护军目中已无我矣。"慈安曰："吾必杀
此护军。"于是降旨，尽取护军下狱。刑曹据祖制上陈，言
门禁应尔，不宜杀。慈安曰："何名祖制！我死后，非尔祖
耶？必杀！"于是谏垣争上疏，言皇帝孝，故治护军宜严；
太后慈，应格外加恩，以广皇仁，以彰圣孝云云。疏留中三
日，始以懿旨赦护军，杖三顺四十。

胡家玉

前清总宪胡家玉，以殿试第三人及第。朝考时，误书"乌有先生"为"乌有先王"，置三等。后三十年，温陵黄贻楫亦第三人，朝考中误"拖蓝"为"拖蔚"，失叶，亦置三等。黄出闱时，友人问殿中作，黄笑曰："乌有先王，吾其免乎！"已而抵暮，阅卷大臣已散，而报条弗至，方知已抑卑等。胡闻而大笑曰："老夫久俟三十年，今日始得同调也。"

赵　高

赵高之恶，虽施之暴秦，然其惨无人理，实为千古挡祸之魁率。乃《古逸史》谓赵高为赵之公子，抱忠义之性，自宫而隐秦宫中，为赵报仇。张良大索时，即避高家，故得脱难。按《留侯世家》，侯变姓名亡匿下邳，时赵高从秦皇帝，未闻家下邳也。人恶暴秦之毒天下，特为高开脱，以快秦亡耳，事颇无据。且此史亦疑伪撰。至《拾遗记》，谓高有神仙之术，子婴煮之七日不死，其说尤谬。

麻　面

人以痘瘢留面者，谓之麻，故京师中称人恒曰"麻子"，至有以麻子为招牌者。闽人称痘瘢则曰"麻壳"。余友杨梦苍嘲其友人娶麻妇，云："晓妆应被檀奴笑，万壳庐山入境中。"余为之捧腹。梦苍曾语余，"麻面"二字曾见何书。余按《五代史·慕容超传》，超，后汉高祖同产弟也，尝冒姓阎，体黑麻面，故谓之阎昆仑。"麻面"二字，或始于此。

痘

痘病为满洲人所不经见，入关后，始有是病。每遇民间患痘，而旗兵即至，驱痘家人于四十里外，以故痘童多死于道周。墨西哥初无此病，自西班牙人至美洲，乃大传染。墨人谓之热病，以水淋之，多死。按《北史·崔瞻传》云："瞻经热病，面多瘢痕。"然则北人亦以为热病，不惟墨西哥为然矣。

汪尧峰

纪文达称尧峰文："学术既深，轨辙复正。其言大抵原本六经，与魏、侯二家迥别。其气体浩瀚、疏通畅达，颇近南宋诸家，蹊径亦略不同。庐陵、南丰，固未易言，要之接迹唐、归，无愧色也。"鄙见汪文视雪苑固无赝体，较叔子亦多静气，唯老来气盛，不能容物，亦其一短。曾与归震川裔孙辨驳，至为其陵诋。归氏固轻薄，然尧峰之量亦不无可议。余每思尧峰，往往失笑，好与人争辨，亦吾短也。

苏小小墓

苏小小墓，在西泠桥之次。游人多投以砖石，墓上殆满，不知其用意所在。按苏小小有二人，皆钱塘名妓。一南齐人，故古辞有《苏小小歌》，见郭茂倩所编《乐府》解题注。一为宋人，见《武林旧事》。若按古辞西陵松树语，则此坟似为南齐之苏小小矣。闻近日小小墓边，添一秋瑾之墓。论杀秋瑾者，某某也；闻拜秋瑾之墓者，某某亦在。余为之捧腹。秋氏世所称为女烈士者，何地不可殡，乃与名妓坟兆相望，令人索解不得。

泰山没字碑

余登泰山时，夜宿玉皇顶，薄暮坐没字碑下。碑趺入土甚深。闻山中人语，每天清气朗，泰安县中可以望见此碑。按始皇东行，到处咸立石颂功德。《集古录》谓所经六处，凡七碑。而泰山为封禅之地，讵李斯辈独无文字以纪之耶？或言此为碑套，其中必别有一碑。夫立碑用套，此千古所骇闻。如此巨石，永无能开之理。套之久久，与无碑同。始皇好矜炫己之功德，吾度必不如此。

人　妖

厦门老媚某氏，十七嫁，十八丧夫。有尼僧授以采战之术，媚乃告绝于夫家并其外家，以少资立鞋肆，聚村间年少习艺其间，择其健旺者与通，不数年业乃大昌。革命之前数年，已累巨万矣。年已九十有八，望之如四十许人。肆中匠工数十，而习艺之少年凡二十八。媚每夕御四人，明日必饫以盛馔，与当夕者同饭。人凡七日一进御，至二十五岁后，则以三百金发遣，然幸无羸瘵之患。人颇以此安之。闻其人尚在，殆百余岁矣。陈石遗云。

掘　蛊

江充之陷戾太子，巫蛊也。数千年后人人咸知其冤，且巫蛊亦决无其事。唯《北史》中则常有其狱。前清雍正五年，宗人府议奏允禩于禁所埋藏魔魅，历供不讳。又供出与阿其那共为不法，应立正典刑。得旨免其正法，仍禁锢。呜呼！埋魔于禁所，禁严，魔从何来？时在廷诸臣迎合上意，恒欲死允禩为快，宁果有是事哉？

查慎行

初白诗笔，七律直追放翁，多佳句。雍正间以查嗣庭之狱，几罹不测。迨内阁议以查嗣庭所著日记，大逆不道，应凌迟处死，今已病故，应戮尸枭示。查嗣庭之兄查慎行、查嗣瑮，子查沄，侄查克念、查基，应斩立决。然初白先生，家居久，南北隔绝，实无知情之理，得免究，然亦濒于险矣。

魏长生

魏长生者，名旦也。《燕兰小谱》中所谓"阿翁瞥见也魂销"者是也。能为梆子腔，淫靡倾人。居西珠市口。乾隆末，和珅当国，时有断袖之宠。出入府第无禁，气焰横一时，出门车骑若列卿。某御史至风烈，见而恶之。一日出，遇魏长生于道，擒而杖之，和珅不敢问。自是以后，小旦之车，皆障以青帷。此事见张松寥《金台残泪记》。

二等虾

满汉侍卫分二种：满洲侍卫，或以诸贝勒之子为之；汉侍卫，则武科进士，入守宫廷，如阍者焉，其贵去满人远甚。有某伶者，曾为满洲二等侍卫某甲所狎，时至侍卫家。一夕，侍卫招入侑酒，问伶嗜何食物。伶恃宠，戏曰："嗜二等虾耳。"侍卫暴怒，即嗾家奴数辈，将伶掖出递污焉。自是以来，诸伶稍自矜惜者，多讳言入内城。内城即正阳门四隅也，多满洲贵家之宅。

何　郎

　　何郎者，四喜班旦脚，艳绝一时。长芦鹾贾查友圻，岁以万金予之。查豪侈，约何郎侑酒，勿许先客罢。时某殿撰未第，悦何郎，招之至再。何怅然曰："君京朝官子弟，岂能与邓通斗铜山。此后但以手书见招，即来，勿近我也。"何每在查所，见书辄行。查怪之，以人告诸其父。一日，父以人侦诸何寓，得之，乃召归，痛笞殿撰。何闻而大恸，自作书劝其励学，词甚哀挚。某感动，遂闭户研读，竟大魁。

泉郡人丧礼

　　泉州处福建之下游，民多出洋，如小吕宋、仰光、槟榔屿各岛。富者或数千万，亦有置产于外洋而家居于内地者。其丧礼甚奇，人至而吊丧，勿论识与弗识，咸授以鸦片一小合。延僧为"梁王忏"七日。此七日中，恣人所食，每餐必百余席。肴只四簋，其中一肉一鸡，肉切为方块，鸡亦白煮，其高尺许，对座为二物所蔽，几不见其面，此方为礼。礼忏之末日，僧为《目连救母》之剧，合梨园演唱，至天明而止，名之曰"和尚戏"。此皆余闻所未闻者也。

南北相轻

讲武力者，北人多轻南；讲文事者，南人又多轻北。实则灵气所钟，随地皆有贤才，同为中国人，万不能有南北之轩轻。按《江南余载》，元宗尝语散骑常侍王仲连曰："自古江北文士，不及江南众多。"仲连对曰："老子出亳州真源，仲尼出兖州曲阜，然则亦不少矣。"上有愧色。大抵所谓江山秀气所聚，必生异人者，亦不尽然。太白所产之地，山石枯劣，初无灵气，何以能钟太白？即以曲阜论，平衍无名山水，去泰岱尚远，何以吾夫子笃生其间？盖地自地，人自人，万万不能分南北矣。

醋　误

前清某部郎夫人，妒极而无子。某置妾于外，居潘家河沿，门题部郎之姓。而与部郎同姓同官者，适购一妾而别居，亦在潘家河沿。妒夫人闻人言其夫置妾而背己，则大怒，挟奴媪命车而往，误入他部郎之家，认其门题，官同而姓同也。咆哮闯入，而他部郎妾方对镜理发，则拳棒交下矣。妾不知所为，而他部郎适自署归，见状，知其误，即曰："吾置妾而汝来争，则汝为吾妻矣。"命下钥，不听出，将引与同衾。妒夫人大窘。寻为其本夫所闻，踵门谢罪，乃罢。

误用虚字

用虚字误，不惟不通，有足令人喷饭者。亡友高媿室生时，尝语余曰：有人作家书与其兄，时同居疫死一人，而屠肆中肉价大贵；佃户不足，新雇一人充之；又其嫂将分娩矣。如是琐琐者，亦易了事也。乃其弟好用虚字，其书曰："同居死了一人，其肉卖至一百七八十，家中新添一佃户，嫂嫂所以肚子又胖矣。"用一"其"字，用一"所以"字。其兄大惊，即报书曰："家丑不可外扬，人肉岂容乱买。"兄冒失而弟荒谬，真令人绝倒。

钓　鸭

　　某生读书于野庙，庙临水村，村人多养鸭，四邻皆鸭阑也。生每日必得鸭食之。一日，余友人王君至庙，某生供鸭。王惊曰："君贫士，奈何有此常供？"生笑而不言。王愈疑，固诘之。生曰："吾行钓耳。"王曰："鱼可钓，鸭亦可钓耶？"曰："然。鸭嗜食，吾用长绳，绳端属钩，引绳自墙上下钓，加之以饵。鸭吞饵，钩刺其喉，吾引而上之，故每食必得鸭也。"王曰："盗耳！为人所觉奈何？"已而事果发，某为村人逐去。

粟见观音

　　福州驻防某前锋，从征漳州时，夜经田中，见稻中发光荧然，初以为萤火也。然光摇而长，心知其异，潜入稻中视之，则一稻茎上缀粟如豆。取归视之，粟上现一观音，衣裙及璎珞皆具，金容满月，诚异宝也。按《法苑珠林·三界篇》：六十诸天，共坐一针锋之颠。今一粟中居观音，尚宽广有余地矣。

恭邸去位

恭邸之去位，盛昱成之也。时济宁当国，谄事醇邸。严旨黜恭，以礼王世铎、阎敬铭、张之万、孙毓汶代之，醇邸总其成。丰润张佩纶素以直称，在广座中，启醇邸，谓恭王勋望系中外，不宜置散地。醇邸亦感动，将入告。忌者谓张有意众辱王。醇邸怒，事遂寝。于是朝事浸不可问，而张亦以事论谪。

梭　伦

梭伦，希腊哲学家也，以事至智利亚国。王方以富强自命，衣七宝之衣，面梭伦曰："先生视世间之物，有华美似吾所衣者耶？"梭伦曰："孔雀山鸡，其华美之服，自有生以来，已焜耀人之眼目。若王衣服特外饰耳，去之仍不美。"王曰："先生又曾见世人一无忧虑，长享安乐者乎？"意自方也。梭伦曰："敝国有穷士，居雅典。其为人也，力作而日再食，余力则教其子侄为世通人，不怨不尤，斯真乐矣。"王语塞。后王败于波斯。波斯王将焚杀之。王临死呼梭伦。波斯王怪之，叩以故。王一一举梭伦言，且求为穷士而不得。波斯王亦大悟，释之。

伊利查

俄人伊利查，与其友伊棐木，约朝耶稣之陵于雅露撒冷。伊利查道行，遇饿人，遂举其朝陵之资赠之，活其五口。伊棐木行稍前，迟利查不至，遂独往。至陵，礼于神碣之前，上然灯三十六，见伊利查拜于灯下，即之已渺。如是三日，咸见伊利查。迨归，始知伊利查以周贫之故，中道折归也。昔有女子，欲礼碧霞元君，拈香环室中竟夕，欲苏其母病。而朝山者，亦咸见此女子，礼于元君座下。然则中、俄之心理，固有同者耶？

张蕡斋

张蕡斋先生，丰润人，前清侍从大臣，以直言极谏重于时。生平有至行。嫡母病，劙臂和药以进。居生母之丧，茹素三年。兄某有聘妻，绝美，未成礼，卒，遂不娶。然至暴烈。先生年四十，官四品矣。某恒楚挞之，取其冠加狗头曰："此冠宜汝戴也。"先生啜泣无敢忤。某卒后，先生百计乞其嫂氏之棺，与兄合葬。吴子俊太史以经济名天下，身后萧然，先生为梓其遗集，又为吴可读先生赎其故宅为祠。风义之高，一时无两。余乡橘叟先生为之铭墓，多纪实语。

闽浙粤婚礼之异

闽省娶妇，无取傧相，以黑衣椎髻赤足之村妇相礼，名曰喜娘。夫妇焚香告天，即就香案前行合卺礼。喜娘为祝词，俚鄙可笑，而搢绅大家亦袭用之，二百余年不变也。浙西则交拜时，新郎手万年青一盆，新妇亦然。亲族左右各十余人，争举新郎，意高逾新妇上者，则夫纲振矣；而妇家之兄弟亦争举新妇，俾高过新郎，言后此不至被其陵践。有一家万年青之盆，忽就新妇手中坠落，适中其亲族之颅，血乃溢出。然其敝俗，至今仍存。粤人则重验红，试之果处子，则明日必广取小豚，炙而遍饷亲知；否则阒然，人争耻之。往往有储红以行伪者。至于台湾之俗，夫妇交拜时，新人仰翻，髻及于地，名曰杨柳腰，尤可捧腹。

小　满

小满，四月节也。余女一日忽问余曰："二分、二至、四立，皆可顾名而思义，独小满何谓也？"余愕然不能答。逾年，阅宋马永卿《嬾真子录》："陕州夏县士人乐举明远尝云：二十四气，其名皆可解，独小满、芒种，说者不一。仆因问之。明远曰：'皆为〔谓〕麦也。小满四月中，谓麦之气至此方小满，而未熟也。芒种五月节，种该〔读〕数类之种，谓种之有芒者，麦也，至是当熟矣。'仆因记《周礼·稻人》'泽草所生，种之芒种'。注云：'泽草所生，其地可种。芒种，稻麦也。'仆近为老农，始知过五月节则稻不可种。所谓芒种五月节者，谓麦至是而始可收，稻过是而不可种也。"其说甚通，因录之。

用成语之误

道咸之间，吾乡诗社甚盛，以李兰卿兄弟方在闽提唱，又张松寥、许秋史、郑修楼诸先生文酒往来，殆无虚日。且陈左海先生方主讲鳌峰，可云盛极矣。而城外某会馆住僧，亦窃慕风雅。一日诗社诸公雅集，分韵，僧亦拈笔吟哦，忽问某公曰："僧人不耻下问，敢请'卿云'之'卿'字，是否读作平音？"某公笑曰："上人宜停学问。"（按，"卿"字读作"庆"。）

用成语误二

长白某公督广东时，对客好用成语。吾同年方君志初，朝考第一，名盛一时，以事过岭。某公宴于官斋，谓方曰："天下汹汹，何时可靖？据世兄管见，将持何术以了之？"方忍笑不能答。余谓咬文嚼字，必有失检之处。余同乡某生，亦好以成语为雅谑。某侍郎父方陈橐浙西，侍郎与人让座，彼此推挽，冠落。某生大笑曰："少宗伯以礼去冠矣。""冠"与"官"音通。举座愕然。明年，侍郎丁艰矣，顽固者固谓为谶语。然某生之好用成语，亦殊可笑。

钟芳礼

钟芳礼者，洪秀全丞相也，职尚衣。当入金陵时，立厂招衣匠，躬自庇护之。于是良家之子不能纫者，亦往投匿，所全活者可二万人。又周才太者，亦仁不嗜杀，请设牌尾馆，收养孤贫病废者，于是托疾求庇者几七千余人。寻内应事泄，搜杀数百人，两处遂废。当时金陵残杀，流血波道，而竟有钟、周之用心，李闯营中之李岩不能专美矣。

幼　童

洪军得幼童，或以为子，称曰公子；或以为弟，称曰老弟。其称老弟、公子者，均以嬖宠畜之，非善意也。而又往往教以杀人之法，每刑人，必强使操刃，促之纵击，久久胆壮，亦能杀人。虽谨愿者，至此亦足手刃数人。彼中用心，殊令人莫解。忆庚子之乱，团匪杀人，亦令童子操刀。匪类贼人之子，乃不约而同，殆天生其脑力应如是耶？

凶　宅

余客台湾时，居近蚬子街。高屋三楹，中为奴子洪福所居，左为先子燕息之所。先子多赴竹堑，不恒归寓。余则居其右方，时余方十八岁。夜自天妃庙观剧归，室中有火青荧，余谓为友人周鼎臣下榻。既而扪索，门外钥如故，则大骇。发扃后，室中洞黑无火，心知有异，怏怏归寝。漏四下，几案皆动，小凳行地作声。拊床惊之，声乃愈厉，若与余抗。即大怒，拔刃起舞。迟明筋力皆倦，遂昏睡。日高起视，处处皆刀痕，复大笑夜来之妄，自是怪绝。余是年四月归。五月，有杜姓者迁入，七日其妻缢。寻有人告余，此宅前后缢死五人，历历举其名，闻之悚然。

磷　火

余幼时，与王薇庵、林蘅甫读书于台山书院。院在吉祥山中，丛冢所在，权屋鳞比。一夕，余三人会文归，时已三鼓，大门下钥，遂趋后户。后户必经丛冢，至时磷火万点，密如繁星。余谓蘅甫，试入群磷中观之作何状。蘅甫奔入磷中，磷攒聚不散。蘅甫归，言去身丈许不见一磷。薇庵亦往，磷集如故，归言如蘅甫。余弗信，力奔而入，果不见一磷，而二人言余所到处，磷乃辟易数丈以外。不二年，王、林相继下世，意者阳气衰荼，故积阴不相敛避耳。

握两手汗

闽人为人担忧，恒曰"吾为汝握两把汗"。此语甚奇。既而读姜南《投瓮随笔》，引《元史》宪宗召赵璧问曰："天下何如而治？"对曰："请先诛近侍之尤不善者。"宪宗不悦。璧退，世祖曰："秀才，汝浑身是胆，吾亦为汝握两手汗也。"夫《元史》非僻书，必待姜南举之始见。可见凡事未经留意，虽眼前事，问之亦茫然莫之对矣。

剪舌不死

余门人曹良铭，妻某氏，伉俪至笃。一夕，曹醉归，妻已前睡，曹不解衣而寝。迟明，妻喑不能声，血殷襟袖，已失其舌。已而四索，得断舌于席底，尚红鲜。其家信巫，巫言不死。更七日，舌长如故。此余目击，万非妄语。然考之旧籍，尤有奇于此者。杨元诚《山居新话》："元统甲戌三月二十九日，瑀在内署，退食余暇，广惠司卿聂只儿言：去岁在上都，有刚剌哈咱庆王，今上皇姊之驸马也，偶坠马，扶起，则两眼黑睛俱无，而舌出至胸。聂只儿曰：我识此证。因以剪刀剪去之。少顷，复出一舌，亦剪之。又于其舌两侧，各去一指许，用药涂之而愈。剪下之舌尚存，亦异证也。"顾元诚有无妄语，则不敢决。若余所见，固万万可证其无欺者也。

太乙石

友人王碧栖，恒言家藏至宝，名曰太乙石。石有牡牝，十余年辄生一子，近生三子矣。余问石何状，则曰类水晶耳。余大笑，弗之信。前十六年，曾以舟访碧栖于江上。问石所在，碧栖言请夜深观之。既而自堂柱启小孔入探，出小木合，中积灯草无数，言所以饲石也。石果如水晶，类古式西洋灯之玻璃穗。碧栖取石就灯示余，言中有肠胃，视之隐隐然。其旁有三小石，皆其子也。碧栖言尚有其一，为其季父发狂，以铁椎椎之，石死，立变为黑色，已弃去。后此以石问之法人迈达。迈达亦大笑不信。今此石不知在否。顾生子必约十余稔，宜人无验，不能尽信之也。

异　狗

余客台湾时，有董姓者，病痔而嗜芙蓉，长日一灯，偃卧吐纳，友人多集其室坐谈。董能雅谑，闻者倾靡。余亦时至其室，夜分始归。一日，侍者传外间有风狗，啮人辄死，毗邻执械伺之不可得。众闻之不为意。忽哗言狗至门外矣，侍者取械逐之。董急令闭关，已闻有猎猎声达户外，户扃不得入。狗忽跃起，自窗间入，直趣董榻，啮其足，复从窗跃出，为侍者力刃而死。时屋中同坐者三人，皆无恙，而董中毒深，卒不救，病四十余日死矣。迷信者言有夙冤也。

刘孝廉

刘孝廉，讳其名，自云笃于伉俪。妻病死，刘为诗云："来世因缘休再误，此生梦寐倘相逢。"夜则抱其夫人木主同卧起。又别作其夫人小木主，以象牙制小龛，悬之襟上。每语必及其夫人，久久人颇厌闻，刘亦怏怏不可自聊。一日，友人造访刘家，以为刘失偶必独宿，排闼就其床寝，则方与佣妇同衾而寐，木主坠床下矣。友人大笑。呜呼！天下行伪之事，支厉又安可久？悼亡之戚，孰则无之？苟尽其丧葬之礼，使逝者无憾，即更娶为嗣续计，亦非寡情之比。乃必伪示其义，而阴行其淫，使败露后不值一钱，殊可鄙也。

蛇　王

闽有漳胡版者，立蛇王庙。每届王生日时，则村人百方求蛇，纳之庙中。凡烛台、香炉及俎豆之上，皆蛇也。蛇有啮人者，则具香蜡诉之王，啮人之蛇立盘于王之剑中，寸断而死。是皆得之传闻，余未果见也。问王何名，则曰汉高祖所斩之白蛇，精灵不昧，遂王此间。余按高文虎《蓼花洲闲录》：北方有牛王庙，画百牛于壁，而牛王居其中间。问牛王何人，则冉伯牛也。与蛇王庙同一可笑之故实。

武人作书语

前清某朝，引见南中总兵官。帝问之曰："汝来自江南，江南水患如何？"对曰："浩浩乎怀山襄陵。"帝不悦，曰："吾问百姓如何耳。"对曰："百姓如丧考妣。"帝大怒，下令后此武官不许通文。吾谓武官通文，为事非谬。文官通文，至于文不对题，则尤可哂。有知县某君，初谒制军，突问曰："老大人操何职业？"制军曰："仆起家寒素，先大人行商耳。"知县曰："然则大人可谓犁牛之子。"制军色变，某君惶恐谢罪曰："卑职万死，卑职真犁牛也。"

转　蓬

　　唐诗"嗟予听鼓应官去，走马兰台类转蓬"。一日，有人举以问吾友林君世标。林君曰："如古所谓首如飞蓬耳。"问者曰："诗言'转'，不言'飞'。"林无以答，转以问余。余仓卒亦不能答。后二年，观宋惟宝《步里客谈》云："古人多用转蓬，竟不知何物。外祖林公使辽，见蓬花枝叶相属，团圞在地，遇风即转。问之，云转蓬也。"可见人生博雅之名，万万难副。阳休之自负淹博，竟为人所难，懊丧而死。学问之道，但求实际，知之为知之，不知为不知，人固无如我何也。

严禁贞烈

闽中少妇丧夫，不能存活，则遍告之亲戚，言将以某日自裁。而为之亲戚者，亦引为荣，则鸠资为之治椟。前三日，彩舆鼓吹，如迎神人。少妇冠帔衮服，端坐舆中，游历坊市，观者如堵。有力者，设筵饮之。少妇手鲜花一束，凡少年之未诞子者，则就其手中乞花，用为生子之兆。三日游宴既尽，当路结采棚，悬彩绳其上，少妇辞别亲戚，慨然登台，履小凳，以颈就绳而殁。万众拍手称美。余七八岁时，老媪曾抱余观之。追年十九时，翁学本为抚民分府，恶其事，乃大张告示以谕众曰："为严禁贞烈事。"余观而笑曰："然则劝导淫奔耳。"闻者大笑。俗吏之不通，往往令人喷饭。

破　镜

前清穆宗大婚时，闽中财力尚丰硕，柴茶之商大盛，人人乐业。闻皇帝大婚，则沿途结采，夜中以童子衣彩服，唱歌，或演为故事，无论男女，笙歌至夜四鼓不休也。大书坊额曰"普天同庆"，余戏对曰"举国若狂"。闻者大笑。一夕，余至安民之崎，见蜡炬如火城，迎面马上有一丽人，作宫妆，有少年执破镜随其后，则演乐昌公主也。余心异之。未几，穆宗晏驾，皇后亦崩。事固有先兆，殊令人索解不得。

以富人之母棺为妾椁

闽有所谓罗汉者，则破靴党也。当科目盛时，此党最有力，动辄讦人之私，索金自肥。有某翁富甲一乡，其人以道员候选。前清之制，丁忧未葬其亲者，不得言起复。于是罗汉知其未葬，则令人舁其母柩，言葬其妾。翁大惊，知已牒官中言葬矣，不能以停棺被盗兴讼，则使人以金了之。余友王君问余，古典中曾有此事否。余曰：无之，唯宋朱彧《可谈》纪元祐大臣，于此事颇仿佛。按《可谈》云：元祐有大臣，父贬死朱崖，寓柩不归。某既贵，自过海迎取。已更数十年，无识其父柩者。僧房中有数棺，枯骨无款记。不获已，乃掣一棺，与其母合葬。后竟传误取亡僧骨殖。绍圣初言者欲蒌菲之，以无验不敢举。由此观之，古亦有罗汉矣。古之罗汉，以无验不敢举，终属忠厚；前清之罗汉，据得官中旧例，居然得钱。正坐一则有验，一无验耳。

骂孟子

洪武帝骂孟子云："邻家那得许多鸡，乞丐如何有两妻。当时尚有周天子，何必纷纷说魏齐。"余按骂孟子者，不始于洪武也。《道山清话》云：李靓字太伯，盱江人，素不喜孟子。一日，有达官送酒数斗，太伯家酿亦熟。一士人知其富有旨酒，然无计得饮，乃作诗数首骂孟子。其一云："完廪捐阶未可知，孟轲深信亦怀疑。丈人尚自为天子，女婿如何弟杀之。"李见诗大喜，留饮。所与谈，无非骂孟子也。

专制改人以恶氏

前清雍正，改其两弟之名曰塞思黑，曰阿其难。盖恶名也。然专制之朝，不惟改名，而且改氏。萧子响叛，齐武帝改之为蛸氏。马何罗谋逆，马后改之为莽氏。唐则天时改琅琊王冲父子为虺氏。隋炀帝诛杨玄感，改为枭氏。梁武帝改豫章综为勃氏。唐乾封元年，改武惟良为蝮氏。吴孙皓以孙秀奔魏，改为厉氏。刘诞谋逆，贬为留氏。唐高宗废后王氏及良娣，为武后所杀，改后姓为蟒氏，良娣为枭氏。

避讳改氏

避讳，欧西所无有，径以帝后之名，名其路，名其船，名其地者，不以为嫌也。然中国自周秦至前清，匪不避讳。易其名可也，竟有易其姓，事至可笑。宋以武公名司空，改为司功氏；晋以僖侯名司徒，改为司城氏。籍氏出安定，避项羽讳，改为席氏；奭氏避汉元帝讳，改为盛氏；庄氏避汉明帝讳，改为严氏；师氏避晋景帝讳，改为帅氏；姬氏避唐明皇讳，改为周氏；弘氏避唐明皇讳，改为洪氏；淳于氏避唐宪宗讳，改为于氏；晈氏避唐武宗讳，改为澹氏；恒氏避宋讳，改为常氏。闽人避王审知讳，沈氏去水而为尤氏。文潞公本姓敬，其曾大父避石晋高祖讳，更姓文，至汉复姓敬；入宋避翼祖讳，又更姓文。

男化为女

浙江榆园许先生，年七十余，礼余甚厚，遂为忘年之交，已数见之《琐记》中矣。一日，余填《凄凉犯》一解，取正于先生。先生以宫商之谱按之，言尚无讹。余大喜，以此调最不易填也。语次，先生忽谈及其戚李某，客皖城某公幕，年四十余，有须矣。一日晨盥，须忽随盥巾而落，二乳忽高，已化为女矣。李大哭，不知所措，居停怜之，为集数百金，令归。先生并出日记以示余，或不谬也。余按汉哀帝建平中，豫章有男子化为女子，嫁为人妇，生子。汉建安七年，越中有男子化为女子。《华阳国志》：武都丈夫化为女子。刘曜时，武功男子苏抚、陕男子伍长平，并化为女。明隆庆三年五月，山西太原府静乐县民李良雨，娶妻数年，以不和离异，后卧病遂化为女子。谭紫霄《化书》曰："至淫之极，男化为女；至暴之极，人化为虎。"古人固有是说。然榆园老人年高，余信其言，特其理不可解耳。

和尚入幔

　　余十六岁赴台湾，趁一轮舶，名曰华福宝，船身绝小。有法海寺某僧，渡海募缘，亦趁舟行。舟中先有一官眷，四周围以夹幔。僧嗜阿芙蓉，即燃灯卧于幔外。舟入大海，风涛猝发，舟侧。僧首并枕悉入幔中。婢媪大呼："和尚入幔矣。"争起，击其颅。僧百口不能自辨。而舟益簸荡，僧时入时出此幔中，而呼打之声竟夕。然呕吐淋漓，卒亦不能打也。余笑至腹痛，且呕且笑。迨舟至沪尾，余恹恹如病矣。

甘兆功

甘兆功以诸生为海军管带司笔札。舟至伦敦，病没舟中。管带不欲殡之岸上，而欧西无权屋，则赁一人家，厝其棺，意勾当公事毕后，挈以回华。厝棺之家，贫甚，得赁金甚悦。一夕，妻子共饭，忽闻棺中作异声，如爆竹，棺盖立掀。西制棺内裹尸以铅，铅已隆起。西妇立晕。童子及屋主人皆狂呼，出至舟中，呼管带曰："趣往！中国死人生矣。"管带某公，遂挟医生同往。医生曰："电发也。"时主妇亦醒。医生用巨锥刺其尸，令人趣避。锥入，尸气缕出，微微有声，尸涨立平，棺亦旋阖。医生坚约勿声，果为官中所闻者，则医生引出尸气触人，厥罪下狱矣。

奈何桥

闽人之为死者资冥福，必延道士设醮。至第七日，则支板为桥，桥下燃莲灯，幡幢满其上，名曰奈何桥。糊纸为尸，纳之纸舆中，子孙舁以过桥，焚诸门外。余问道士以奈何出处，则云："无可奈何也。"余以为其义未足。后阅《山东考古录》：岱岳之西，有水出谷中，为西溪。自大峪口，至州城之西，而南流入于泮，曰漆河。其水在高里山之左，有桥跨之，曰“漆河桥”。世传人死魂不得过，而曰奈何耳。或且桥近东岳，恒人言死必归东岳，故妄指此桥为鬼魂所必渡者。然天下之死，皆至此耶？四川有酆都山，亦言人死必至于此。张船山诗有“蜀哉蜀哉鬼之薮”，读之令人欲笑。天下唯迷信，故附会；一附会，愈迷信。诸如此类，指不胜屈，可尽辟耶？

淫祠可笑

淫祠南方为盛，猴犬猪狐，均有小庙，曰王，曰侯，曰圣母，曰仙姑，为类至夥。其最可笑者，麻风之院独祀严分宜。以为分宜罢相后，为麻风院主。余先茔在桑溪之溪口，清明、重九，扫墓必经院外。见分宜像，方供之高座，演剧以祠之。神怒目蹙眉，乌纱衮服，状至威猛。余笑曰："分宜非病癞者，何为庙食于此？则宜乎关中饼师，祀汉宣帝像于肆中矣。"以汉宣帝微时，有售饼之异，故讹传为饼肆之神。事见宋蔡绦《铁围山丛谈》。唯分宜之祀，则不得出处。

醉屠遭戮

　　常州范开伯，余门人也。能诗，恒与余游杭州湖上。舟中语余：苏州某缎肆中学徒，少年美风姿。肆楼对面为人家妆楼，少妇日启窗临镜，少年往往自楼上平视，彼此相悦，遂订幽约。肆门本张幕以蔽日，因有横杆，直抵妆楼之半，少年于楼杆缘过妆楼，幽会可经月矣。一夕，夫醉归，妇启关，故殢之楼下，待少年缘杆过后，始挟夫登楼。少年匆遽间，遗其帽，时月光明彻，少年以手自指其顶，示妇以遗帽。妇误会以为斩醉夫之头也。果以厨刀决其夫，然尸不得出。忽忆平日屠户某，恒日过其门三数，而夜中又往往伪寻其夫同饮，时至挝门。于是下楼虚掩其扉，冀屠之至。而屠是夜亦醉过其门，款扉入。妇勾之上楼，则大呼屠来杀人。邻人四集，见状大骇，又知屠平日无行，屡屡调妇，则执赴官中。屠百口不能自白，谳遂定。妇本有余资，约少年迁皖而去。少年既行，唯肆中李某悉其事。李忠笃不泄，乃不知开伯何由知之。

某公使

前三十余年，某国公使挟其国力，颇凌蔑中国。时京师无玻璃之马车，虽公使赫奕，出时亦以常车。有御者为河间人，被酒而尚侠，闻人言公使以力蹂践我中国，则大怒。一日，公使命车野行，御者驱至荒僻之处，叱公使下，批其颊者再。御者多力，公使不能抗，而又未挟手枪。御者批后，请登车。公使曰："尔奴耳，敢批我。顾既批而弗逃，仍御我归，独不畏刑戮耶？"御者曰："然。我不堪尔蔑我中国至此，力又不能复，故引尔至此辱之。既辱，而吾恨泄，今请归死，逃亦为官中逻得，不如听汝治之，我无惧也。"公使知不能屈，且引以为耻，转笑慰之，终不付之官中。御者亦辞去。呜呼！御者野蛮耳，事固痛快，然义和团之心非如是耶？幸此公使防耻而见容，御者得无事，然克林德之死，刺客用心正同此御者。欲以雪耻，乃不知石坊之立，贻国大耻，至于永永。故君子之复仇，见其大者，若区区若此御者之用心，是皆无教育之过。余之记此，非快此御者，正痛恨义和团耳。

甲子分配十二神

天下固有眼前之事，为童子所问，至于瞠目不能答者，余往往遇之。余授徒龙潭精舍时，有温陵学生，年十五岁，文字已通畅。一日，忽谓余曰："十二地支何以杂收鼠牛龙蛇之类，有龙无凤，有鸡无鸭也？且何取义，而位此十二神？"余大窘，曰："童子哓舌，难及长者，非礼。"逾数年读《说郛》，见宋洪巽《旸谷漫录》谓子、寅、辰、午、申、戌俱阳，故取相属之奇数，以为名。鼠五指，虎五指，龙五指，马单蹄，猴五指，狗五指也。丑、卯、巳、未、酉、亥俱阴，故取相属之偶数。牛四爪，兔两爪，蛇两舌，羊四爪，鸡四爪，猪四爪也。事近附会，然得是足以塞责。时学生已归，乃寓书予之，并谢吾过。

洗　面

闽人谓为人调停衅隙，以杯酒相属为欢者，谓之洗面。北人则谓之打圆场。"打圆场"三字，不知何出。若"洗面"二字，则固有出处。宋朱辅《溪蛮丛笑》：洗面者，借人助相仇杀以牛酒往谢，名曰"洗面"，然非调停之谓。故同一

"洗面"，闽人用之以为居间，蛮人则用之以酬助恶。

僧 蜡

余门人有汪姓者，贫而嗜读，中前清举人。余偶过其家，见二僧与其妻对坐，余愕。汪泫然曰："怀兄也，翁亦削发开化寺，学生已作小沙弥矣。幸二兄为学生赎归还俗耳。"余闻而恻然。既而翁化去，汪以讣文见示。某住僧为之起草，误"僧蜡"作"僧腊"，彼盖谓腊为年也。余谓汪曰："汝闻'僧蜡'之说乎？"汪曰："沙门皆相沿以为腊。"余曰："非也。按宋曾三异《同话录》：僧家所谓伏蜡者，谓削发之后，即受戒如断酒色等若干件。每岁禁足结夏，自四月十五日，至七月十五日止。终西方之教，结夏之时，随其身之轻重，以蜡为其人；解夏之后，以蜡为验，轻重无差，即为验定，而无妄想。其有妄想者，血气耗散，必轻于蜡人矣。汤朝美作《本然僧塔铭》，写作'伏腊'之'腊'，盖未详此也。"汪生释然，遂易"腊"作"蜡"。

杀人武

　　台湾戴焕生之起义，实为贪吏所激，遂生巨变。戴生平慷慨，为乡人所推。本为小吏，家资悉以赒赡贫乏，故变故起时，遂拥为渠。率所部三人：一曰严瓣，一曰吕子，一曰大舌二。严披发横大刀，杀人取血，遍涂其身，每至一县，必张筵召俳优，赤身踞案，啖嚼无算。妻曰元帅娘，临阵厚抹脂粉，囊槟榔，抛掷城上，啖守卒，彼此谐谑，备懈，则疾攻破城入。吕子尤嗜杀。败后擒戴入都，着火烧铁衫，衫以线铁为之，煅久令红，着戴身上，肉自衫网出，则以铁爪爬去之，见骨而止。余人皆就地骈戮，然为刑不名一律。

　　有杀人武者，官六品。设一木架，如坐榻，缚人腕于榻臂上，剥以小刃，掌立脱。掌脱，反其腕肉，令仰卷，则二白骨挺出，然后取其心肺。又一法，以严绳束腰膂绝急，肠胃尽缩于上，则以挫草之刀，腰斩之，抱其半身置漆案之上，血热与漆相吸，不可骤拔，气未全泄，人亦不即死，声厉如牛喘，逾数刻乃死。凡此淫刑，余十六岁至台湾时，尚一见之，野蛮之不足语以人道如此也。

台湾蛊毒

余居淡水时，为前此四十五年，淡水居人寥寥然，开门即西海。海滩怪石杂立，色正黑，时有三五渔舟聚其下。极北有茅屋，时时有红衣妇人倚扉立。妇名阿环，颇有姿首。逾数月，忽闻环病。又十日，言环死，且失其一股。盖环与邻娼争一男子，邻娼不能胜，兴蛊以厌之，环遂死。或言以蛊矢投汤液进之，自足趾脓溃，亡其左股而死。野蛮之人，固有非人理所喻者。此事为余目睹，初非得诸传闻。

髻　史

自余少时，见妇人髻，恒作元宝式。稍久则延长其后，作调羹式，名曰姑苏髻。三十以后，则见童娃分二髻于左右，曰琵琶髻。吾乡之人，亦时为之。又用铁丝为格，作拍板髻。十余年以来，但见作圆髻。近则大异，拖髻于后，以髢作髻托承之，则不知是何髻矣。又近则盘发如灵蛇，近额作古妆，或名为共和髻。间见一二车中女士，直散其发，系髻于发之尽处，不审更作何名。

按唐段柯古《髻鬟品》，髻始自燧人氏，以发相缠，初无系缚。周文王始加珠翠翘，曰凤髻，又名步摇髻。秦始皇有望仙髻、参鸾髻、凌云髻。汉有迎春髻。王母降武帝宫，从者有飞仙髻、九环髻。汉元帝宫中，有百合分绡髻、同心髻。太元中，公主及妇女始有假髻。赵合德有欣愁髻。魏明帝宫有涵烟髻。晋惠帝宫有芙蓉髻。梁宫有罗光髻。陈宫有随云髻。隋文宫有九贞髻。炀帝时有迎唐八鬟髻，又梳翻荷髻、坐愁髻。高祖宫有半翻髻、反绾乐游髻。明皇宫中有双髻、望仙髻、回鹘髻，贵妃作愁来髻。贞元中有归顺髻，又有闹扫妆髻。以上言宫妆耳，若在臣庶家，则梁冀作坠马髻最有名。长安城中，有抛家髻及倭鬌髻。王宪亦作解散髻、斜插髻。若余所见之散发系髻于发之尽处，殆解散而兼抛家者也。呜呼！解散抛家，直乱离之兆，吾不能无履霜坚冰之惧矣。

四书对

宋人四六，好用四书成句为对偶。有时以四书成语对经史子集，亦各臻佳胜。如周必大《草张子盖除淮南东路招抚使制》有云"虽以至仁伐不仁，屡赞吊民之盛举；然杀无道就有道，岂吾为政之本心"；叶颙《除左仆射制》失名有云"有欲为王留者，孰明去就之忠；无以我公归兮，大慰瞻仪之望"；郑丙《谢宫祠表》有云"禄足以代其耕，遂免啼饥之患；食焉而怠其事，难逃尸素之讥"；应松湖《代宣司贺复泗州表》有云"徯我后后来苏，争持牛酒；有不战战必胜，行洗甲兵"之类，不可枚举。然须烹炼而成，终不如纪晓岚之脱口而出，如"唯女子与小人为难养也，有寡妇见鳏夫而欲嫁之""伯夷非其君不仕，孟子致为臣而归"之浑成。近陈叔冶为余述轻薄子作四书对，则真坠入恶道，如"以力假仁者霸霸，何必公山氏之之""孟孙问孝于我我，赐也何敢望回回"，不惟无理，而且大亵圣言矣。

老　饕

有郑君者为余言老饕事，其语近戏，然至有风趣。老饕者恒就人而食，有食辄不召而至，人厌苦之。一日，友人思有以创之，设席楼上，预锯楼板为方形，可以置坐榻者，四隅留锯锋不断，嵌附裁可一线，有人就榻，则并人与榻立坠之楼下。部署甫竟，而老饕至，踞筵大嚼，席将竟，无恙。主人疑，下楼见四鬼各以梃抵老饕坐处，老饕遂不得坠。主人咤曰："此馋人，吾将死之，汝抵吾板何为者？"鬼笑曰："此人生时累尔，既死，行且及我，我非救馋人，自防破钞也。"

买　水

　　闽人之丧父母，临大殓，则浴尸，投一钱水中，汲而燂之。杭人亦然，举死人衣冠，就水次，亦投钱然后取水，及衣冠同归，就殓。余乃不知礼之所自出。寻读宋周去非《岭外代答》，谓钦人始死，孝子披发，顶竹笠，携瓶瓮，持纸钱，往水滨号恸，掷钱于水而汲归浴尸，谓之买水；否则乡里以为不孝。今钦人食用以钱易水，以充庖厨，谓之沽水者，避凶名也。

表忠观

　　余居杭州三年，春秋佳日，必以舟过湖；盛夏则否，以湖水受日，热气蒸腾，往往中喝。故但侵晓出城，至钱王祠下看荷花。露荷未经日光，明艳动人，香气亦异，红墙高柳，田田弥望，绛缟间错，殊异观也。祠中尚有表忠观残碑，以观在山上，既圮无存，始移碑于此，俗亦称为表忠观。余读东坡《送钱道士归杭》诗，有小引云："通教自杭来，见余于吴兴。问：'观亦卒工乎？'曰：'未也。杭人比岁不登，莫有助者。'余曰：'异哉！杭人重施轻财，是不独为福田。今岁成矣，其还乎？'"诗之末句则云："未信诸豪容郭解，却从他县施千金。"据此，则东坡以千金助成此观矣。当东坡时，钱氏式微未久，其裔孙尚为道士，修观尚乞诸他县，矧在今日，孰念王者，则宜乎废旧观而迁碑于此也。

牛皋墓

辅文侯牛皋墓，在栖霞岭下。余往往以腰舆游西南诸山，道左辄见张宪墓道碑，乃未及往拜。一日，游紫云洞，无意问住僧，遂得辅文侯之墓。墓砌石作圆形，荆榛殆满，无路足至墓下。时余东道主人为陈君，方授仁和县。余请陈君为侯修墓。陈君诺，出三百金，付诸奴子黄福。余为作碑文。讵黄啬于侯墓，而丰于碑亭。墓仅去草而已，而亭则焕然金碧，以石为柱。一夕大雷雨，亭圮而碑岿然。余窃自太息，谓侯尚有灵；既又自咎其迷信，欲为记以纪，至今未果成也。

虎睛为小儿所中

同社庄友三为余言：山家有小儿，可周许。闽人无摇床，但编竹为小舆状，前横如式，坐小儿其中，坐处凿板为孔，承股际，以通便溺，名曰轿车。母赴田，则移轿车置之门次，儿啼，家人授以火筷，小儿执而玩弄。虎来近轿车，以颔承其式，视小儿，涎及其裸。小儿悦虎睛通明，忽以铁筷抉其目，虎大呼而反奔，小儿亦惊晕，翻其轿车。虎且奔且扑其眼中之铁，铁深陷入脑，虎死。小儿惊痫累日，得药而苏。

余谓此事与《七修类稿》所载略同：四明象山县有樵童入山，偶遇脱阱之虎，行倦而气促，攫童坐身下。虎阴偶触童手，童一搔摩之，而虎欲炽，出其阴。久之虎睡，童出缚柴小绳，缚虎阴，系绳端于树根，力掣而脱去。虎咆哮不能行。家人往观，则虎死于树根矣。二事均出之童子。然轿车之童，天全而无心；行樵之童，心黠而近亵。乃其事为人百思所不到者，故凶人之罹害，亦有出人意料之外。

俗语本有出处

余居闽授徒，一日出史题课学生，题为"史记衡山王论"。有一学生，颇聪慧，文笔亦略可人，中间忽用"王不长进"四字。友人林君子森大笑。余曰："论学生用此三字，原是俗笔。若谓'不长进'三字无出处，则又未必。微忆五代唐明宗责王建曰：'汝为节度，不作好事不长进。'则此三字，固不能谓之无出处也。"

巨　蛇

闽有宁德县者，山县也。山多柽木，取以为甑，故宁德人业甑者多。有某甲病癞，家人逐之，乃庐于山中，日取柽以自给。一日，樵于丛莽，忽有巨木亘道，适行倦，乃坐其上。取烟吸之，烟烬，叩其余灰于巨木之上。木忽大动，流走而趋下，乱莽为开，视之巨蛇也，大惊而逃。越日，见此蛇蜿蜒自崖下复出，长可数丈。癞者翳树阴观之，识其道路所出，然蛇过处，道有余腥，似滑涎，蛇上下必趁滑而行，行乃无沮。癞者则取竹削为小签，待蛇过，一一密签其道。然蛇之入山，必经日始归穴，既循故道，腹受签而开，蛇死。癞者取其肉食之，十日弗之尽，然癞愈矣。

桃叶渡可笑

余未至江宁，然南来者谈桃叶渡，特城中之小河。河身既狭，虽有夹水之河厅，然俗劣不堪。而所谓问柳者，则一小饭庄耳。谓当日王献之接桃叶，即在于此，深不可解。按《江宁府志》：桃叶渡，古建康北江中之洲，其形甚长，殆可百里，故北来之兵，自大岘至江，不能径渡南岸，必须西上历阳，至采石，方得过江。惟陈之亡，韩擒虎、贺若弼既破陈矣，晋王广乃自六合镇桃叶山，乘陈船而渡。盖渡至洲上，又有陈船相接，故可至南岸。桃叶渡由此而名。则献之歌中所谓"但渡无所苦，我自来迎接"者，或即在洲上迎接耳。若城中之秦淮河，无所谓江，亦未必有苦。细观诗意，文不对题。而好事者犹指以为实，则喜是处便于狎游，故艳其名而不暇考耳。

滕王阁胜概不可信

滕王阁，余曾一饮其上，朱楹丹柱，皆百年以上物，尚出于后来之修整者。顾无人管领，而前清即用之为委员局所。所谓局员者，奴颜婢膝，彼知名胜为何物？阁上列长案，加红桌围，陈锡制之砚，配以绝巨之签筒。无论风景为之杀尽，即无此俗物，而空规残状，亦万万不堪寓目。阁外小船如蚁，木头堆积，船户立小蓬屋于木排之上。西山隐隐，伏如小龟，沙满江潴，厥状如湫。不知秋水长天，却在何处；若画栋珠帘者，则固见之矣。是日，某公燕余，炙小豚，坚硬如铁，以箸叩之，腔然作声。风物如是，食物如是，可称滕王阁中双绝。席间有人问余：都督阎公，何以史亡其名？余以阎伯玙应之，已而自觉其谬。伯玙者，天宝时人，其人未尝为都督。事附见《王勃传》中，余亦以讹传讹耳。

长　城

余读《鲁滨孙飘流记》，鲁曾一至长城之下，轻藐城工，以为以英国工程队数百人攻之，城可立下。然后此欧人至其地者，则又称美无已，几与埃及之金字塔同为殊特之观。欧人量度金字工程，非百余年不就，非百万人不为功。而当日皆寡学问之人，胡以成此伟观？即言中国之长城，始皇亦但用十万之众，自九原至云阳，因边山险堑溪谷可缮者治之，起临洮至辽东万余里。夫以万余里之城，以十万人治之，则一里之城功，不过七八人耳，史之难信如是。

东人读唐诗

　　余在杭州时，有伊藤贤道者，为本愿寺僧。一日饮余，座有歌者，能歌唐诗，听之一字不解，则以汉字读为和音也。诗为张继《枫桥》之作。歌者作势跳舞，无一类汉音者。余因忆《刘贡父诗话》，余靖两使契丹，能以胡语为汉诗曰："夜筵设逻（厚盛也）臣拜洗（受赐也），两朝厥荷（通好也）情干勤（厚重也）。微臣雅鲁（拜舞也）祝若统（福祐也），圣寿铁摆（嵩高也）俱可忒（无极也）。"诗不过以汉人之语，易以辽字。想彼东国歌者，亦殆以汉字译为和文。实则天下文字无不同者，特音吐异耳。

快活语

　　金圣叹评《西厢记》，与斫山论快活事，有云"留疥疮数点于私处，闭户澡之，岂不快哉"，又"早起沾殡床枕间，闻家人私语某人已死，问之则城中绝有心计之人，岂不快哉"云云。余少时曾补入十余条，今都不省记，但记两条于此。

一为大病数月，历药不效，然尚有知觉，微能饮食，而舌本碧如苔痕，食入有同嚼蜡。又便溺一一需人，见问病者来往轻捷如仙人，心羡其人不已。既而忽得良医，一二剂霍然而苏，饮食健进，盐豉皆甘，肤革亦猝长，剃发澡浴，命舆过其最亲之朋友，舆中高拱，若在云端。岂不快哉！

一娶得美妇，不经月而岳氏病危，妇又笃于孝行，再三哀请往侍父疾，累日不愈，至于经月。虽日日造岳家问疾，与妇相见，顾不得近。已而岳氏之疾渐瘳，妇将言归，订以某日，以舆往迓，则喜不自支。徘徊廊庑，望门而俟，入视绣闼，翠幔四垂，残春已过，窗外绿阴渐成。时交上灯，角枕罗衾，微闻芗泽。已而侍者归，言外氏留以明日，则懊丧颓废，夜长如年。至于明日，垂暮，中门忽开，肩舆直入，则亭亭如仙者至矣。岂不快哉！

奸臣便捷

前清道咸间，某相当国，广纳赇赂。有程督者，号程要金；梁抚者，号梁不满。一日，宣宗问相国，程、梁何以有此外号。相国曰："程性躁，每对僚属言事，必曰要紧要紧。梁性缓，则曰不忙不忙。以要紧为要金，以不忙为不满，一声之转耳。"宣宗大笑。余按，宋庐陵曾敏行《独醒杂志》中载蔡元长事，正与此同。京尝论荐毛友龙，召对。上问曰："龙者君象，卿何得而友之？"友龙不能对，遂不称旨。退语元长。元长曰："何不曰尧舜在上，臣愿与夔龙为友。"他日再荐之，复召对。上问大晟乐，友龙曰："讹。"上不谕其何谓。已而元长入见，上问之。对曰："江南人唤和为讹，友龙谓大晟乐主和耳。"友龙遂得美除。

善　才

余家横山时，与吴姓者同居。吴有女名月容，塾师授以白香山《琵琶行》，女读之甚凄清动听。余窃笑塾师何为授女弟子以此作。逾月，女忽谓余曰："诗中所谓善才者，讵观音大士前善才童子乎？"余大笑曰："塾师谓何？"女曰："塾师但言善才人名耳。"余曰："然。善才姓曹，为曹保之子。善才子曹纲。三世皆能琵琶。白乐天又有《听曹纲琵琶示重莲》诗云：'拨拨弦弦意不同，胡啼番语两玲珑。谁能截得曹纲手，插向重莲衣袖中。'事见宋聊复翁赵德麟

《侯鲭录》。"兹事隔三十八年，因为琐记，却忆及之。

髯　颊

庚子，余居杭州，有人示西洋人异相，自目眶以下皆髯，望之几不类人。因忆余族弟发，亦然，两颊纯黑。发言隔三日必一剃，不则长如刺猬矣。余按王晋卿观唐庄宗遗像云："两眼外皆髯。"故晋卿作诗寄曹贯道云："代梁继李号良图，却惑歌儿便丧躯。试拂尘埃觇道貌，原来满面是髯须。"然则古人固有之，不足异也。

奇　对

李合肥帅北洋时，淮军旧部晋谒求位置者，合肥色霁礼恭，则其人决无望；经合肥骂詈斥辱，大呼曰"滚"者，则明日檄下，得差委矣。因有人戏曰："一字之衮，荣于华褒。"众大笑，苦无所对。时有某县令私其佣媪，媪谋诸本夫，伪逃，令其夫胁劫县官，向之索人。县官不为动。媪夫遂夤缘拜其刑幕问策，果得钱者，则请上其半，刑幕许之。

一日席间，论及主人私佣妇，妇逋，律宜坐主人，则伪引律例以恫喝之。县官大恐，因问曰："果有是者，厥罪如何？"刑幕曰："不过出口耳。"县官因以二千金授媪夫，求平其事。于是遂得对句曰："彼妇之走，可以出口。"闻者绝倒。

奇对二

崔某，太平人，曾出使欧洲。以公使之尊，出必趁公车，赴市买鱼肉，过沟沿，苟见沟中断绳，亦必拾之。尝从使楼自浣其袜，以水外覆，巡警进而干涉，不齿于英之政府。然好咬文嚼字，尝客湖北，时饮于公署，鱼至且食且曰："不食武昌鱼。"屡言者再。时有人戏对曰："宁作太平犬。"而崔适太平人也。时以为绝对。

点剧招尤

前清承平无事时，官场好演剧以延宾。然往往因点剧之故，词中伤及主人，动致失欢，且有引为仇雠者。方楚南杨君督闽时，某臬司点《杨业碰碑》。中有老外，扮为苏子卿之神，以杖叩羊背曰："老羊老羊！汝年已老，当此兵荒马乱中，胡不归也？"杨闻言以为讽其罢官，拂衣而去。余闻而笑曰："事尚有奇于此者，言之令人捧腹。"昔有翁婿皆贵显，婿家演剧，燕其泰山，点《扫秦》，以为必无碍也。及秦桧夫妇入寺拈香，祝曰："此一炷香，愿岳家父子，早早升天。"此指武穆及岳承宣也。其岳氏大怫，以为咒诅，至于失欢而散。则可笑更甚于老羊矣。

破　伞

楚人彭公光藻宦闽时，权抚民同知，有惠政。一日微雨，乘舆过市。食肆中二客，皆陈姓，争伞，伞柄镌有"陈"字，彼此互指以为据，市人不能辨。公舆过其地，问状，引归署中。判曰："尔两氏皆陈，而伞不能言其主人，今判擘伞为半，分授二人，则争息矣。"见者大笑。二人持半伞出。公令役尾之，观其所为。一人半道笑而掷伞，一人则大怒骂詈。公令役取归二人，语笑者曰："汝惟有心诈人，得伞无用，且以我为糊涂，大笑而掷之，此汝诈人之实迹也。彼无故破其伞，大怒，亦骂我为糊涂，此固常情。汝今以钱偿伞值，更责四十，以惩汝欺。"观者始服。

蓝鹿洲先生

吾乡蓝鹿洲先生鼎元，善文章，有政术。令广东某县时，判决如神明。又善捕盗，盗风以熄。常有兄弟争产，先生不直其所为，且不临鞫，命以竹筒通铁绳于筒中，兄弟对面互锁，终日相视，相去不盈二尺。凡有溲便，必彼此相引，虽各蓄多金，咸不能进而求免，遂因拘数月之久。先生潜以人侦之。初加锁时，彼此弗顾。既而不能久背其面，则稍相视。既而叹，既而流涕，既而大哭曰："我同产也，胡为以戋戋之金钱，忍辱至此？愿请官平其讼，不抗争矣。"

先生闻之，即召其妻子停于外厢，自升座问之曰："尔两人各有几子？"兄弟言各两子。先生叹曰："尔父过矣，既生若兄，即不宜更生若弟，遂兆今日之争。而汝兄弟，又不干蛊，复各生二子，则异日争端，又由尔伏之，累及县官判鞫，且奈何？"因令二人之妻各上曰："若翁生尔夫兄弟，分产不均，故争讼至此。今尔各有二子，异日学父所为，亦必构讼。我意不如尔二人各舍所不爱之一子于卑田院，不惟可以独享其产，亦息异日争端。汝如何者，趣一言决。"二人夫妇咸叩头曰："愿留其子，誓不更争。"先生曰："善。在尔视之，则为兄弟，各宜自丰其私。不知若翁在日，视尔犹指也。指十出，然无不爱者，世宁有不爱之指，断之而不知痛者耶？今汝兄弟之争，则若翁泉下之痛，直痛断指耳。且汝知爱子，若父独不知爱耶？试一扪心思之，愧且无地，何有于争！"兄弟乃同泥首于堂，称谢而去。

太监娶妻中外一致

《汉书·刘愉传》：常侍、黄门，亦广娶妻。《周举传》：监宦之人，亦复以形势威侮良家妇女，闭之至于白首，殁无配偶。《单超传》：四侯转横，多取良家美女以为姬妾。按此，则太监娶妻矣。赵氏翼谓浣濯饎爨之事，亦所必需。实则不然。太监固有男性，御女时，则力抱而咬之，至于汗出而止。孟德斯鸠谓波斯人，有舍其夫而宁事奄人者。然古波斯之俗，亦正与中国同。事有不谋而合者，殆性理中有此一种之思想乎？

关胜、关太

《宋史》载刘豫降金，杀其骁将关胜，胜不从逆故也。按《水浒》有关胜。《癸辛杂志》龚圣与作《关胜赞》云：

"大刀关胜，岂云长孙。云长义勇，汝其后昆。"以其时考之，宋江作乱，正在宋末。然则刘豫所杀之关胜，即《水浒》之关胜耶？世之图关胜者，赤面大刀，其状似壮缪。于是凡关姓者，匪不赤面，匪不大刀，而《施公案》之关太出矣，太号小西，盖自命为山西人，似即壮缪之后。小说家无识，盗袭可笑。

后 身

人之稍有智慧者，即自称曰：余为某名人后身。无稽之说，辩不胜辩。又不已者，又自托为王蛇，为天狗，为虎，为猴，不一而足。此皆好奇以炫世，不足当人一笑。其最可笑者，沈德符《野获编》载：徐鹏举岳，其父奎璧，梦宋岳忠武谓之曰："吾一生艰苦，今且投汝家，享几十年安闲富贵。"遂生鹏举，即以岳名之。岳长成时，无心竟发秦桧之墓，人益神之。然无胆，遇兵变，狼狈而走，人呼为"徐草包"。据此而观，徐氏为忠武后身，类耶不类耶？人于呼草包时，辨其非是。余则谓梦中之语，亦决非忠武口吻。

教习非师

前清以翰林前辈为庶吉士后辈教习，不知所教何书，然终身执弟子礼甚恭。至晚清学堂林立，通西文、东文、中文者，受薪开讲，亦名为教习。学生则曰：是奴隶也。稍不当意，则嗾逐之。不惟不视为师，且欲预通题目、多与分数，方能保其旦晚两餐。余为教习十一年于京师，抗健不服气，而学生亦稍相往来，间有一二倒戈者，然尚非嗾逐者比。余尝笑曰："吾苟不教，与习相远者，彼亦无奈我何也！"

黄　胖

余少读《赵瓯北诗话》，瓯北诗有"白题胡舞"，久不能对。已而对以"黄胖春游"，则大喜过望。白题胡舞，余固识之；唯黄胖春游，以家贫无书可检。迨二十二岁时，始借得《知不足斋丛书》，读之至尽。黄胖春游，出叶绍翁《四朝闻见录》中：韩侂胄以春日宴族人于西湖，用土为偶，名曰黄胖，以线系其首，累至数十。韩令族人仙胄赋诗，胄诗云："一朝线断他人手，骨肉皆为陌上尘。"侂胄大不悦。然仙胄不仕，故得保其族云。

主 事

前清进士受职后，恒分各部观政，名曰主事。或坐曹数十年，升为卿贰；或监司者，但有升途，非作奸犯科，不罢职也。民国新立，各部主事竟有厘剔之条。或为科长司长，一休职，即同平民，则仆仆四出求馆。有人取以问余。余按《日知录》，主事始于汉光禄勋，有南北庐主事，其职掾史也；魏置主事令史；隋专称主事；实则皆吏而非官。今日主事去职之无恒，政府亦去一吏耳。按之古制，殊不为异。

郎 中

前清郎中，官四品，本文阶，出即为监司知府。然《战国策》载荆轲刺秦王时，诸郎中执兵者皆在殿下，然则郎中武阶也。《汉百官志》载郎中无定员，多至千人，比四百石，至是始为文员。或问医生亦称郎中，始于何时。余按《夷坚志》：鄱医赵珪，本上官彦成之隶，粗得其术，人称为赵三郎中。医之称郎中，盖始于宋。然所以得名之故，则不知所本。北人称医生曰大夫，则较郎中更古矣。余谫陋，不能考古，遂不敢妄断。

书　痴

某君宿儒也，授徒数十，中有一人王姓，昼夜研读，而文字终不了了，众呼曰书痴。每先生客至，王必辍读，出向先生，指客问先生以姓氏。如是者数，先生不悦，曰："此无礼之尤。他日苟有问，宜自远而近，不应唐突至此。"王曰："何谓？"先生曰："譬如欲询来客，宜先寒暄，然后始能问姓及名，且宜闲闲而起。"王曰："诺。"

明日一客至，王突出问先生曰："彼黍彼黍。"先生愕然。客退，先生曰："汝言彼黍何指？"王曰："'彼黍离离，彼稷之苗。行迈靡靡，中心摇摇。知我者，谓我心忧；不知我者，谓我何求。悠悠苍天，此何人哉。'吾之所问者，客何人也，此问可云自远而造近矣。"先生知其愚，斥令后此不得面客。

孙真人

泰山之王母池，有所谓孙真人者，余闻之久矣。甲寅四月，朝岱，道经其处，则庙之右方，有小屋。道人启钥，一小龛供真人肉身，髑髅傅泥，加以金涂，手足皆有筋嵌附不脱，积衾褥三数层，披道服。余摩其膝盖，其上似有皮。祠额有真人小传，年九十四，卒于康熙之二十四年。此与吾乡老泗佛同。考泗髑髅完好如人，惟二目深陷，两齿出唇外，莹白如玉，斯亦奇矣。

娃娃老帐

泰岱之斗母宫，尼僧最盛。有带发者，游人止宿其间，如勾栏。嗣以某公子与人妒争，抚军怒，严符命落其发。余至时，但有二少尼，一曰仙亭，一未问其名。老尼绥绥然，款客甚殷。余饭于听泉亭，见祈禳之人无数，则庙中祀天妃，座中列泥童十数。祈子者投钱于炉下，尼为诵经咒，指一泥童，尼为命名，或曰"准有"，或曰"准得"，即奉尼为师。祈子者摩泥童子之首，呼曰："准有，从阿爹归也。"出时，署名于簿籍，题曰：某人求子，永保千秋。师某人。徒某人，即准有也。保人某人。保人者，证其得子后必酬尼以金。籍上大书曰"选娃娃老帐"。

元君庙

元君庙在南天门上，殿瓦皆赤铜所制。元君为泰山女，凡五人，元君独尊。殿五楹，咸扃镭，楹上封以条铁。游人拜元君，无论男女，必投金于殿中，或食物，或针黹，或首饰。余攀楹内窥，元君像至尊严；殿中烂如云锦，皆所投之绣囊及香钩也，或杂以金条脱。别殿供卧像，黄幔沉沉，中设锦衾，元君像作仰卧状，衣绿锦之袄，案上陈凤冠及梳栉之具与镜台。余长揖而出，微讶道人之亵，胡为以女神卧像，招人入观也。

舍身崖

旧闻礼元君时，孝子为亲祈寿，必投身崖下，冀代二亲以死。崖在日观峰前，其下残骨巉巉然。前泰安县毛公澄恶之，为易其名曰爱身崖，亘以红墙一道。每遇三月，鲁人朝岱，则发壮士十余人守崖上，不令游人窥足其间，亦仁者之用心也。毛公于济南有惠政，云步桥上有石亭，即叙毛公政迹者。亭亦毛公所建。

玉皇顶

玉皇顶，即秦汉登封处。今祠玉皇。阶下有石三数枚，翼以扶阑。道人谓此石即泰顶也。想玉检金泥，必在是间。没字碑，高丈余，在庙门之外。天气清明时，自泰安城中，不惟望见天门，而没字碑亦了了可见。大抵全山胜处，皆在天门以下。顶上但能望远，日观踞其左，傲来峰居其右。玉皇顶所见者，但有汶水一道耳。

为鬼梳头

同游泰顶者，为陈任先、陈微〔徵〕宇、林宰平及余。二陈皆游欧西。任先为余言在法国时，有人伉俪甚笃，妇死，遂弃家外出，封镝其室，帷幔箱箧，皆无动也。一日，忽忆有要信数函在其室中，嘱其友大尉某君往取，以钥匙及手迹示阍者。大尉入室，室净无尘，视其榻枕上髻痕都在，心为惕然。方检函书，见镜中有蓬发妇人立于其后。大尉知其为鬼，卒不惧。鬼忽授以牙梳，令整其发，发长委地。大尉不得已为作椎髻，匆匆怀书出。既面其友，友疑其妄。大尉视襟上有断发十余根，辨色果亡者之发也。

铜　殿

余既别泰安，舆夫引舆过一庙下，告余曰："此李妞妞庙也。"妞妞者，山东人呼闺女也。入视，则前明李选侍庙耳。庙皆精铜所制，瓦皆金涂，虽年久剥落，然尚闪烁有微光。铜殿四周，可一丈。选侍像极美丽，旁侍六宫人，皆冠而捧栉盥。选侍两膝为妇人求福者摩抚，光可鉴人。后殿铜佛八尊，高八尺以上，均女像，雕镂极工细。当日奄人之力伟矣！

东窗事发

《江湖杂记》曰：地藏王决秦桧杀岳飞事。数卒引桧至，身荷铁枷，囚首垢面，告何立曰："传语夫人，东窗事发矣。"又《浪迹续谈》曰：方士伏章，见秦熺，荷铁枷云："父在酆都。"果见桧与万俟卨俱荷铁枷，备受诸苦。桧嘱方士曰："传语夫人，东窗事发矣。"此两说不同，一语何立，一语方士，讵秦桧两次传语其妻耶？余谓皆子虚之言。岳侯忠孝，而桧害之，实则桧罪轻于康王。王惟不欲渊圣之归，故害飞适以成其和议。不然，飞果简在其心，宁不问耶？后人不便斥及康王，归狱于桧；桧又得保首领以殁，故侈言鬼诛，以快人意。诸君试读《南烬纪闻》，即知康王不孝不悌之罪，上通于天也。

《迎銮新曲》

清高宗数下江南，颇伤烦费。松筠力谏，几死，遂无敢言者。厉太鸥方无聊，谱《迎銮新曲》以贡媚。既不敢将乘舆代以优伶，入剧场演唱，无可着笔，则请出许迈、葛洪诸仙，约会迎銮，是强使神仙势利矣。又不已，则引及西王母。又不已，则引及水仙王。至于乌龟介虫亦来迎驾。无数仙真水族，群集于行宫门外。喧天之闹，而乘舆不见不闻，真可谓善说鬼话。诗人无聊，何所不至？樊榭且然，况其他乎！

魃

魃，《广韵》呼霸切；《集韵》火跨切，音化；《说文》："鬼变也。"闽人则作魃字，枢鬼也。凡丧车出时，有鬼曰魃，触之偏身拘挛，即延道士建醮祈禳，名曰礼魁。图作鬼形，白衣高帽，执杖吐舌，垂眉而泪睫。道士则吹螺撞钟，舞剑伐鼓，有时亦验。余见之恒大笑，外祖母郑夫人止余曰："孺子勿尔。当尔二岁时，亦见凌于魁，左手几偏废。余令若母建醮礼之。鼓声一震，尔左手能举矣。授尔以饵，右手来取；余令尔举左手，而左手即能受饵。奈何言礼魁无效也？"

孝廉方正

晚清时，招考孝廉方正，十八行省与考者至数百人之多。八大胡同中，憧憧往来者，皆孝廉方正也。一日，区中捉得聚赌之人，问名自言考生，为某巡抚所举者，区官笑而释之。而某会馆中，忽而持械大哄，亦数孝廉以分财不均之故，几于决斗。且大老之门，呈履历、上名条者，问之皆与考孝廉者也。忆前三十余年，余乡居时，有人调某君曰："曾是以为孝乎，恶能廉？可欺以其方也，奚其正？"其人盖以孝廉方正应选者也，然尚不如是之甚。

全人半人

庚子之变，名妓赛金花方在都下，为某国元戎所眷，携入仪鸾殿，与同卧起。而琉璃厂获全，得不为联军焚掠，则赛金花之力也。寻以迫死人命，发遣。今年已四十余，尚张艳帜于上海，结巨辫而不髻也。其在京师时，接人多，问有惬心者否，曰："俞庄，全人也；尚某，半人也。"问何以，则曰："俞庄貌美而能军，故曰全人；尚某憨猛而貌不扬，但取内功，故谓之半人。"闻者莞然。

许由父

有轻薄子，自言能调乩仙，下笔成诗，颇有佳者。有许姓少年，颇知其谬，往往举古事难之，乩不能答。一日复尔，乩忽大书曰："尔最博雅，系出许氏，与许由为同宗否？且许由谁氏之子，果能举其父名，吾方服尔。"许亦不能答。余按梁元帝《金楼子》曰："许耳之子名由，字道开，一子武仲，黄白色，长八尺九寸。兄弟七人，十九而隐。尧欲禅之，由乃洗耳。"然则由父名耳也。谯周《古史考》：许由夏常居巢，故一号巢父。巢、许似为一人，而《汉书·古今人表》则为二人，当俟考。

为鬼拍照

西人好奇，必欲洞见鬼状。巴黎有讲神学者十余人，闻某处有凶宅，鬼物时时出没其间，则各挟一照相机器，跧伏楼上，一闻声响，即争起以电光四射，各得一片。明日视之，模糊咸有鬼影，或见半身，或但得一头，状皆狞丑可怖。即少年女鬼，亦凶惨无媚态也。

断头人尚有知觉

余友王子仁，与人论斩头之人，头断尚有知觉。人人咸谓督脉断，必一无所知。子仁曰："不然。法国有医生二人，探究此事，以为脑之总筋虽断，而脑气尚未尽亡，或有几微之知觉。已而二医中，有一人犯大辟，当斩。其友谓之曰：'汝头落时，吾捧而大呼尔名，尔有知者，眼当为余一开。'大辟者如言。已而其友与之同至断头台，头落后，其友捧而呼之，眼果一开，更呼则否。"余按，瞿稼轩先生就义时，函首匣中，家人启视，言公子无恙，先生目犹视；继言焦侯无恙，目乃瞑。先生精灵弗泯，殆与子仁言微别矣。

巴黎香黎岛

法国当国庆之日，男女恒跳舞至晓，贵族如是，平民亦然。有大树林者，濒水，揭水即为香黎岛。岛隐然水上，草高尺许，望之可见。男女于是夜跳舞，往往野合于岛中，竟忘其为国庆之日。凡国庆日，人人可挟烟火随地放之。夜午时，一人出烟火于怀中，放之空中，于是百十人皆同时争放，光明如昼。而岛上野合者，历历皆见，无地自容，争兽行入于草中，见者大笑。此余友王君述卿为余言。

俄人跳舞会

余友陈君，居欧西七年，曾至森彼得堡。一夕，国中大跳舞，集者千余人，贵伐为多。有二情人，合于密室小榻之上。榻之四柱有铁轮，地板则加蜡。主人构宇时，以备轮榻可以周转，无须推挽而能自行。且密室中，不扉而幔，地势又微低，自密室中一坐此榻，可以直达会场。板滑而机灵，辘辘自动，不可制止。此两情人初不之觉，乃轮榻已濡滑而流走，直奔入会场之中。众皆拍手惊笑。余问陈君："后此如何？"陈君曰："起矣，无他事也。"余为捧腹。

法人失裤

法有学生，甫毕业者，赴人跳舞之会，衣皆新制，为从者置之榻上。虱入裤中，学生着之。到会时，奇痒不可止。顾已与一女士约，在第四次跳舞，已列表示众。学生奇痒不可止，则潜入黑室中，开窗脱裤向窗外而抖，冀虱下坠。不期裤即脱腕，飘落楼下。少年无术，而跳舞之次已及。女士登楼觅取少年，少年匆促间，以幔自围其下体。女士觉而下避。已而用五佛郎，倩从者下楼得裤，而会场已罢舞，夜午矣。

出　家

余乡居时，读书于龙潭陈忠肃祠后，有小门可通祠中，芭蕉数百本，深绿蔽天。住僧夙悟，嗜酒吸芙蓉膏。余尝戏呼为野僧。一日，与谢君同坐，谢问僧何时出家，僧转问谢君"出家"二字始于何书。余应曰："四子书中，君子不出家，而成教于国。凡不出家者，皆君子；出家者，皆小人。此为'出家'二子〔字〕之始。"僧笑曰："决非决非。"余后读张泌《妆楼记》，汉听阳城侯刘俊等出家，僧之始也；又听洛阳妇阿潘等出家，尼之始也。

牝 马

凡关外旅行者，觅马为代步，当先相牝牡，以牡者为良。屠客不审，为人所愚，赁牝马而乘。道遇牡者，立腾起与交，则骑客或为推坠，为状至险。有某将校，自恃善骑，偶以牝马过沈阳，有牡马奔逐。校力鞭其牝，终为追及。校方据鞍，而牡马合前蹄，按校两股。校伏鞍恣马所为，贱〔溅〕沫及其背，葛衣全湿。暑酷道长，奇腥触鼻。入城时述以语人，人争捧腹。

戏　对

林希村晟，闽人，精博，能为骈文，诗学七字〔子〕，大鼓洪钟，别于时派，故多不传。林嗜酒，好雅谑，尝谓余曰：“'乌拉喜崇阿'，余再四思之，不能对，只有'於缉熙敬止'为天然之偶。”余笑以为谬。希村曰：“'乌拉喜崇阿'五字作五顿读；而'於缉熙敬止'五字，亦可作五顿读，宁非天然之偶？”座人皆笑。一日，余在友人席间举此为言，适有欧君幹甫者在座，人恒呼曰欧幹翁。有李姓言曰：“'欧幹翁'三字，颇不易对。”余不期失声曰：“对'亚支奶'。”举座为之捧腹。

龙门县

王某，闽人也。以知县需次广东，久不得缺，贫不自聊。有戚某以监司过境，王请其向制军道地。戚遂言之制军，称王能医，且善风鉴。时制府方病，且乏嗣，怖死，即延王入诊。王按脉斥言无病，且频向制军称贺，将有大喜。制军叹曰：“余六十之年，官至兼圻，加宫保，尚何望升阶也。”王某曰：“非也。所以贺大帅者，将得贵子耳。此天数所定，喜兆眉间，故卑职望而知之。"言次，闻帏后有妇人笑声。越两月，果闻制军生子矣，乃大悦，饬署龙门县。实则医与风鉴，王初不甚精，习与制军门客往来。制军私眷一婢，已孕，而夫人以为野合，不之承，制军郁郁不乐，非病也。自某斥为天数，家人皆力请夫人收此婢为妾。子生后，制府私感其言，故以龙门报之。前清官场之奖拔奇才，类如此也。

仙游县

仙游为闽中上腴之缺，知县某，调署未期年。时慈禧太后万寿，制府命赍贡品入都。然下忙钱粮已届，舍去将不名一钱，惆怅无策，不能不行。幕客某进曰："某家有三棺未葬，居停果能以五百金见假，俾葳葬事，则此行可免。"某曰："如何？"客曰："鄙人署稿，上之制军。居停果免此行，然后赐金；即不济，亦无损于居停。"某许之。笺上，果罢行，易之以永福县。盖幕客稿中，谓太后万寿，而赍贡者乃为仙游县，仙游非佳名也。制军悟，遂易以永福。呜呼，黠矣！

誓　井

吾乡沈文肃葆桢，守广胜时，喧传洪杨之部大至。文肃取救于外，夫人婴城自守。已而文肃归，敌果围城。夫人自治馕粥饷军，以剑授文肃曰："贼来，君以剑抵之。吾自入井，免为所辱。"因对井为誓，矢报国家。已而得饶廷说一军，敌退。后四十年，公外孙李畲曾宗言权府篆，迎养夫人。畲曾立誓井堂于署中，大书一联云："距武夷数百里，遥望家山，迎奉板舆来，依旧青灯慈母线；后文肃四十年，来权兹郡，摩挲遗碣在，愧无黄绢外孙词。""外孙"二字，用得恰好。

捞　葬

闽之困关，又名水口，急湍如箭。舟上下多碎于湫，浮尸恒停浅滩之上。于是乡之乐善者立捞葬局于溪次，书联榜于门外云："逝者如斯乎！掩之诚是也。"橘叟先生舟过其下，叹赏不已，既而曰："此对佳，然终是八股家吐属。若移为上下曰：'掩之诚是也，逝者如斯乎！'则言外益寓叹惋无穷之意，不宁佳耶？"前数夕，橘叟招饮，为余言之。

余深以叟为能点铁成金也。

吴　唱

　　泰州吴先生，忘其名，前清时以八股名于其州。州之子弟，多半出先生之门。呈艺于先生者，先生恒不为笔削。每课必聚数十人于讲堂，先生中坐，取名家文，朗诵一遍，于音节处在在停顿取势，令弟子娴其节奏，归而揣摩。先生自读后，又令诸人各诵一遍。取其尤美者，令为都讲，为不能者导诵。凡及其门者，小试匪不获隽，时人谓之吴唱。每人诵八股，一发吻，人即知之，曰："是吴唱也。"

《元丰类稿》

　　曾子固之《元丰类稿》，清醇雅正，寻常用笔，不期入古。游记不及柳州，然《厅壁》及《学记》皆足与欧公颉颃，苏家父子不能至也。唯《秃秃记》，好为奇倔之笔，几于不可句读，用笔近宋子京，殊不类子固平时笔路，足见大家文章，匪所不有。实则欧、曾二家，均出于韩，虽骨法音吐一变乎韩，然不由韩入，万难造此境地也。

高南阜

高南阜凤翰，山左人，为扬州八怪之一。右手偏废，以左手书之。遗诗未梓，余及门陈明侯以二百金得其稿，请余序之。诗主性灵，似学剑南；名句络绎，类味和堂。余最爱其七言云："风定细香生药本，苔凉晚景散桐花。""霜攒红叶绕林出，雁拥斜阳结阵来。""履穿石磴沾云气，爪带泥香剔蕨芽。""贱日文章容跌宕，野人礼法任颓唐。""荒畦自种多辛菜，老友同参无用书。""贫能高卧真奇福，懒不开门即贵人。""草间路但微茫得，领上松皆宛转迎。""啮冰水溅沙边履，踏月人归雪后村。""烟归碧落秋无滓，棹击空明月有声。"皆佳句也。

二秋先生

汤海秋、袁爽秋两先生，一知名于咸丰之初年，一殉节于光绪之末造。文章气节，照耀一时，然皆有奇癖。海秋与其亲家周某违言，在某家丧次相遇，几欲挥拳，且动灵几。孝子大怒，以杖叩之。爽秋馆张南皮家，与钱某为同门，以事大忤，斥钱为狗，以书相抵〔诋〕，两人各以靴刀相见。南皮大震，遣人和解之，不能得。先辈行事，有令人不可测度者，如此类是也。

巨 擘

《孟子》："于齐国之士，吾必以仲子为巨擘。"注："巨擘，大指也。"按宋孙毅祥《野老记闻》：齐地有虫，类蚯蚓，人谓之曲蟮，擘地以行，即蚯蚓之大者。孙以为巨擘即蚓类。然齐语实未尝称蚓为巨擘。注所谓巨擘者，即首屈一指之谓，文理甚顺。兹谓巨擘即蚓，则下文不必另提"充仲子之操，则蚓而后可者也"。文人好穿凿附会，往往如此。

异 梦

大兴某翁，生数子，俱不育，但余一子。有巫告之曰："尔子可生，然合卺之夕能猝免于难者，则长养无事矣。"迨长，为之成礼，翁平日自信不为恶，且娶媳何祸，心抑抑无欢。前一夕，忽得异梦，见二巨蝎，蜷伏其子履中，醒而大惧。花烛之夕，翁伏窗外，穴窗纸内窥，红幔四垂。至夜午烛阑，其子忽起揭帷欲下旋，翁窗外大呼曰："勿下！履中有伏蝎。"新妇大惊，其子闻翁言亦大骇。翁遂以人破扉入，视双履果有二蝎，则椎而死之。其子遂免。

变羊计

当日京师三庆班中，有丑脚赶三者，能谲谏。孝钦在时，颇悦其人。癸未年，余初入都，见赶三演《变羊计》。赶三为女巫，牵羊至一人家。其妻妒悍，以绳缚夫之足，系于门次。巫入，易之以羊，纵夫令去。妻出，失夫而得羊，则大哭。巫伪过门外，妻延巫入问。巫为其祖先附体，大肆谯詈。同社王小沂以为构思甚奇。林希村曰："此见宋文纪《开颜录》。"余知《开颜录》，在《说郛》中，乃仿佛不能记。后此检得原书，果如希村言。末载士人既归，妇问曰："多日作羊，不乃辛苦耶？"夫曰："犹忆啖草不美，肚中痛耳。"妇愈悲，自此不复妒忌矣。因叹希村之健记。

狗　样

有士人好鄙薄人文艺，每得人制艺，读未终篇，即曰："狗样。"无论书画，一经其目，少不当意，即以"狗样"斥之。一日延画师，为其父写照。越数日，渲染成，示此士人。士人恶其弗肖，亦曰："此狗样耳。"闻者失声而笑。吴君涵远举而告余。余曰："此事古亦有之。宋何薳《春渚纪闻》：有名士为泗倅，卧病。其子不慧，求医于杨介。介曰：'闻尊公服药且数医，岂小人能尽其艺耶？'对曰：'大人疾势虽淹久，幸左右一顾，且作死马医也。'"一狗一马，皆指其父，真古今奇对。

请愿书

余门人某生，作请愿书万言，将上之某部。余读之，其所用字，多不可晓；不惟难晓，但"请愿"二字，亦大费解。《汉书·京房传》："元帝于是以房为魏郡太守，秩八百石，居得以考功德治郡。房自请愿无属刺史，得用他郡人。"按"请愿"二字，虽出于此，应停顿读之，"房自请"作一句，"愿无属刺史"作一句。彼连用"请愿"二字，殆误读

《汉书》耳，不期为之一笑。

跳灵官

内廷演剧，有所谓跳灵官者，即常戏中之演加冠也，均太监为之，为数不定，至多至六十人而止。皆赤铠执鞭，往来跳跃。前日，瑜太妃寿辰，陈橘叟以师傅之尊，妃赐听戏于宫中，则演灵官者仅有二十余人。而谭叫天、十三旦，咸自效，得赏不过六十圆。二伶以受恩先朝，未敢以为菲也，其可谓尚有人心者。

高洋、亚力山大

高洋之斩丝，高欢心韪之。盖乱丝不能理，斩之是也。乃西史中，亦有与此相类者。余译《秋灯谈屑》一书，有古佛雷支亚国，立农夫高的阿司为王。王朝木星之庙，杀牛结其縻，縻隐其端。王祝曰："后人能解此縻者，王天下。"逾五百年，亚力山大起马基顿，辗转至佛雷支亚国，入庙观縻，縻未朽腐也，然终不得其端。亚力山大抽刀斩之，縻端

立出。亚力山大曰：“吾今日解此縻，宜王天下矣。”已而果
征服埃及、波斯诸国，自以为大一统也。

铜象舒啸

埃及有铜象，高二丈余，张吻向天。然庙圮象存，岿然
立于山半。一日，铜象忽发声而啸，声闻数十里，吻上突突
冒烟，似天寒呵气者。埃及人争以为神，群相罗拜，布施金
钱无数。啸止烟销者二年，一日复尔，众颇引以为疑，则潜
究寺僧所为。象本空腹，僧自山下为洞入象腹，储炉然炭，
加以汽笛，故烟发象吻，而汽笛从腹中作声如舒啸耳。

羊 呆

有军人某，客烟台，其人胖而健食，性尤嗜羊，于绵
羊外尤嗜山羊。一日，其客馈全羊于某，某烹之，一日尽半
羊，明日复尽其余。忽不能作语，亦不能食，痴坐如木偶
人，切脉，乃无病也。其友数人，出饮市楼，归而煮茶，兼
作咖啡一巨碗，置之案上。出而乘凉，及入，碗空，乃知为

某饮尽矣。明日，某愈，自谓夜来似有人揭其面幂，迨晓了了解人事矣。于是同客谓之羊呆。

猫鬼神

山右妖夫有奉猫鬼神者，即《酉阳杂俎》中所谓夜星子也。法先驯养一猫，阴伺人家有周岁之殇子新瘗者，则夜中抱猫临穴，起其尸，禹步念咒，斩猫首，并斩尸首，以首合猫腔咒之，猫立活，则猫身而人首也。夜入人家，盗取银物，人不能觉。唯畏狗，狗见即进扑之，往往为狗所得，而官不能捕也。前数十年，县中有人捕得猫，并获妖夫，官遂立置之法。

旱魃

老友桐城姚叔节，客山右江公人镜幕中时，见一侍者入与江语，其状甚怪，自喉达于耳际，有创痕一缕。问之江公，公曰："兹事甚奇，方山右未大旱前，吾有善马，日能驰六百里。适有公务，命此侍者以马往，兼程至夜午，趁月犹行。马前忽背立一毛人，毛纯白。异之，遂发一手枪，弗中，物回面，目光纯赤，凶狞可怖，张爪来扑。侍者回马立奔，物亦捷趋，几握马尾。马奔腾如飞，有溪亘其前，马跃过溪，物亦捷追而过。马不前趋而反奔，再跃过溪，物亦随之。如是数跃。物仆溪中，不能起，马乃立奔。此侍者已昏不省人，力握马鬃弗释。迨过一村落，有铁线横亘小茅屋檐际，马过其下，而铁线适当侍者喉际。喉破，幸气管未断，得不死，故留此创痕耳。明年山右大旱，意见者为旱魃云。"

闽革命军除天齐庙

闽中崇祀泰山之神，在东门外，称曰东岳。以三月二十八日为泰山生辰，红女白婆及旗人之妇，咸入泰山宫迎晖院为侍女，早晚传餐。其泰山之神，则称天齐仁圣大帝，出入警跸。以三月二十四日出狩，焚香荷校于路者，纆属也。及革命军起，长驱入庙，斩泰山土偶之首，其大如车轮，投之地，庙遂毁。按道家言：昔盘古五音之苗裔，曰少海氏，生二女，长曰金蝉氏，即东华帝君；次曰金虹氏，即东岳帝君。其说荒远无稽。《博物志》《搜神记》皆有纪泰山事，然所谓三月二十八日为泰山生辰者，实见诸《蠡海集》。

其言曰："东岳生于三月二十八日，天三生木，地八成之，言两仪之气于其中也。二十八者，四七也。四七乃少阳位也。"因附会为神之生辰。《五岳真形图》："东岳姓𪩘名崇。"其说亦见诸《道藏》《陔余丛考》。《旧唐书》明皇封禅泰山，加号天齐。《宋史》大中祥符元年，加号仁圣天齐王；五年又加天齐仁圣帝。元至元十八年，加天齐大生仁圣大帝。"天齐"之名，盖本《史记·封禅书》。齐所以为齐，当天齐也。然明嘉靖初，科臣陈棐上疏，略曰"臣观祀典载泰山东岳在山东泰安州，祠祀在本山之麓。今东岳行宫遍天下，殊为惑妄，乞量改为书院"云云。见《续文献通考》。然则革军之除庙，殆有本于陈氏之疏乎？

门　钉

馆中蒸小馒头，苞之以馅，号曰门钉。余颇喜食之。一日，沈逸民谓余曰："某相国极喜食此。"余漫应之，以为食门钉常事也，何必引及相国。沈曰："相国所食者，非此也。"余曰："门钉亦有异乎？"曰："相国好色而不择人，常选肥硕之村媪十二人，袒胸骈立。相国历扪其二十四乳，谓之食门钉。"余平日伟相国有重名，不图其所嗜者乃在此也。

长　班

京师有一种人，在前清时，名曰长班。其类甚博，似有支股，每人每分一支，各承一股。朝之大老及各衙门庶官，一一详其职衔，及其人之省分居止，遇事奔走。至于公车来时，则每省之人亦代详其主试官之居止，导其往谒，又代之报名。遇捷南宫，亦为之趋走。当李闯入京、思陵殉国时，长班则合伙将各官之职衔投入闯贼，故闯贼按名指索，人无免者。虽不欲仕闯，亦不能不趋其朝，则长班为之伥也。

煮　票

门头沟有煤矿一区，则中西合股者。煤矿之夫，于侵晨时人手一小油灯，面目纯黑。余不知油灯之用处，余友陈君荔裳曰："凡入矿时，其中洞黑，必将油灯缚之额上，手引煤筐，灯为之导，其苦极矣。中午，妻子赍饭置之洞口，千人争出咀饭。有一家无筐筲，藏十圆之票于米瓮中，妻不之觉，起为作糜，并票而煮之。糜熟票碎，此一饭殆十金矣。"

贺宏勋

贺宏勋者，江西知县也。方曾文正收复金陵时，江西尚未知状，而贺为上司饬令解饷至江宁。江宁适于昨日克，而贺以明日至。文正见贺手版，名曰宏勋。宏勋者，大功告成而来贺也。无心竟中文正之怀，即令入见，加以褒词。且谓左右"此人诚悫可用"，即草一书授贺，令投之藩司，叙贺品学佳处。时文正方封侯，行即入相，藩司奉令惟谨，即授临川，岁入可七万金。贺本庸才，以名姓为巨公符瑞，竟得美缺，宜乎满人皆以吉祥为字也。

礼 异

婚礼之异，至于闽之厦门极矣。迎娶之前一日，婿家具肥豚一，豚首披以锦缯，缯作绛色；豚耳加两金花。以鼓吹迎豚至女家，豚至门而立，女父具衣冠，向豚三揖。男家立牵豚宰之，遍馈其肉于戚党间，人得斤余。不知是何礼也。

此老友黄菊三为余言者。菊三又言厦俗重祠神，年举一人为
之董。董其祀者，即饲豕，以极肥为度。至祭日，宰豕，豕
首重至一百八十斤，豕身高几及人之半。余又不知饲者之用
何物也。为之一笑。

陶斋见客

　　端陶斋在江南时，中国变法之始。属官旅见连帅，有
下跽者，有鞠躬者，有以手近冠檐行洋礼者。官厅中文武杂
进。迨节帅出见，于是跽者仍跽，鞠躬者鞠躬，引手近冠檐
则植立不动。陶斋一出，膝行半跽，拱手于胸，复上其手，
近于冠檐。捷疾迅忽，作三种礼容，直同电剟。礼后肃坐，
一一道温寒。此亦可云礼异矣。

脂　　邢

　　某国之轻吾华也，恒曰支那人狂愚、支那人实招自灭之
道，可谓丑诋极矣。而吾国人不察，似以为支那者，华人之贱
称，不知非也。《经藏·德护长者经》：支那曰脂邢，即震旦，

或云真丹，神州之总名也。几于包东亚而有之，何贱之有？

一千千

钱庄本行钞票，有一庄署票者，误书一千作一千千。票行始知其误，则大窘。于是抽去误票之根，另作一票，抵其缺，仍书原数一千。挈其票而揉之，令如习用之票。又知得此误笔之票，必来取，则藏其改书之票，临柜以待其来。已而果有持一千千之票取钱。署票者收其票，伏柜下检得一千钱，予之。支票者曰："误矣。吾票一千千，非一千也。"署票者出改书之票，掷还之曰："此非一千耶？"支者弗信，即入检其柜，并检其身，乃不见一千千之票。肆人大集，斥支者之误。支者请召其票根，印合之，皆符，始无言而去。后肆人问其何以不见一千千之票。署票者曰："吾于检钱伏柜时，已捗而潜吞之，故无迹也。"

妓女议员拜靶

此事曾见之报章，余初以为怪，欲求之古人中，曾有类是否。已检得唐崔令钦《教坊记》，则妓女自结为兄弟，被男客以妇人之名，与兹事殆不类而类，实则同为无耻也。《记》云：坊中诸女，约为香火兄弟，多至十四五人，少亦八九辈。有儿郎狎之，辄被以妇人称呼。兄呼弟客为新妇，弟呼兄客为嫂。郎有任官者，车马相逢，妓辄褰帘呼阿嫂并新妇，被呼者笑而不答。儿郎既狎一女，其香火兄弟多相奔，云学突厥法。又云："我兄弟相怜爱，欲得尝其妇也。"主者知而不妒，他香火即不通。可见古今怪俗，有不同之同，无足骇也。

虎

桐城姚叔节，中年山居，以山下有田，且其先茔在焉，遂庐于山中。其邻结团焦以居，前则垒石为垣，垣下启小窦以容狗。一日，狗出，似有所见，嗫声入窦。主人异之，忽见有物，目光如炬，自窦探首而入，虎也。家众大号，则以物力捍其扉，扉仆。然虎首虽入，而虎身巨，虎且怒，颈涨，亦不能出。怒而撼墙，墙石碎落，虎仍莫脱。迟明，村众大集，遂毙虎，货其皮骨，得数十金。

天然声

旧闻长老言，有故家子，拥资百万，他无所嗜，忽得奇思，构一广厦，三周其垣，每垣相隔必丈许，俾不闻外声，其中聚哑媪二十余，经二年余始满其数。则取私生之子，及贫乏不能自育之弃女，令哑媪字之。饮食自外而达内，穴墙为窦以通之。三周之垣皆有户，唯群儿聚处之地，不门而窦。承应之奴亦皆哑，唯司事之人，则取其阴重不泄者主之。积六年，群儿皆长，均不能作人语，别具一种语言，呦呦自相谈引。故家子每历春夏秋冬之间，必临视。至必授以食物，观群儿状态，咸自有知觉，则大笑以为乐。积十年，尽出之，未期月，人人咸能言矣。故家子谓之天然声贫儿院。

二尺老媪

吾友林迪臣守杭州时，一日有人以小槛车，置一小人其中，食息皆处车中，长不盈二尺，视之年似五十以上人，状颇龙钟，发亦半白矣。置槛车于屋中，一人守户，一人鸣锣，招众入观。小媪见人无言，问之，答词啾啾然，倾耳始能辨。更叩以家世，则摇首不答，泪簌簌落。公疑为金壬以药缩其躯干，令不能自成为人。将以人取而鞫之，乃为所觉，前一夕遁去。

哑人子

某公为令于山左。一日，有哑子跳掷于公之舆前，以手作势。公知其欲鸣冤也，停舆问状。似其妻为人所占取者。公问诸其邻，哑子果有妻，即呼其妻至。妻忽与一人偕来，并携其幼子，言身非哑子之妻，哑子特与其夫为友，见色而求合，已痛拒之；哑子固哑而刁，冒昧求逞，冀吾身归彼耳。公询诸其邻，咸无言，委为弗知。公决此妇诈也，乃令哑子并此伪夫妇及子共四人，同至县署，令前后跪。公出饼二枚，其一授童子，余其一，付童子曰："汝授尔爸爸。"童子立投哑子之怀，纳饼其口。公笑曰："狱定矣！"判此妇人仍归哑子。

赌　术

有某巨公者，满洲人。自言十六岁时，颇好蒱博。有表兄某甲，精于五木之技，能就盆中呼骰子，立转其色，应其所欲。人多备之，虞其行诈。一日，公仍与甲博，局未半，忽来两三人，请入局。三人中一人则甲之旧识也。时某公多资而豪赌，甲若左右公者。局中忽与其友小哄，则以物掷其颅。其人以手自护，视之血沁出，呼曰："颅破矣。"同来者二人咸集视，曰："无伤，微创耳。"则以巾裹其头。甲亦自承己过，遂和洽如初。乃复博，然创人每握骰掷之，辄以创首抵盆，呼卢呼雉，皆应如响，于是大胜。某公丧资至巨。后乃侦知其人，预设狡谋，当其裹创时，已纳磁石于中。而骰则于纷纭中，为甲所易，中空而置铁，其伏盆呼雉与卢者，用磁石以引之起也。公为爽然，始戒赌。

同知落裈

德寿抚广东时，接见道员及同知，送客有界限。有同知龙某与道员李某，同谒德寿。天微寒，而龙某老病，已着棉裤。袍服单而棉裤厚，臃肿不灵，至德寿送客时，而龙某之裤已落。幸德寿送李道稍远，不之见。而李虽年老，尚灵警，怜龙某老悖，一为德寿所见，即得咎，乃故寻公事，喋喋与德语不休。龙得从容着其裤，左右皆匿笑不止。当日官场之杂奇，亦可见一斑矣。

训导去袜

训导一官，酸腐之渊薮也。吾乡训导某，建宁人，好去袜脱靴，以五指抓足垢。一日，文宗莅任，训导合同官迎之驿亭。文宗迟迟未至，众环坐倾谈。某窃去其靴袜，与人谈不倦，无心中将靴袜缚之案柱，且谈且缚，一脚带至数十结。忽哗言文宗至，某着靴已不及，则赤足前揖。文宗见之，大怒，竟落职。

某制府

有制府某，旗人也。出督广东时，目不知书，然好咬文嚼字。余友方志初以翰林通家入面制府。制府自叙宦迹，必曰："吾如此办法，世兄管见以为何如？"平日学擘窠大字，一知府极赞其佳。制府曰："吾书焉能佳？亦理直词壮耳。"又读"荼毒"曰"茶毒"，读"刚愎"曰"刚覆"，诸如此类，不一而足。在任好鬻缺，人称之曰"德记官行"。

彭刚直

彭刚直巡阅长江时，多遗行，常住西湖，名所居曰彭庵。有某巨公子在三潭印月桥上，与一妇人为戏，妇人怒詈，为公所见，即以人呼此贵公子至，语之曰："尔奈何不检至此？"公子自叙官阀。公曰："然则我为若父执矣，宜代若父申责。"即责手心数十斥去。一日至湖北，入烟馆中，有剃发匠告人曰："闻彭杂种至矣。"公问杂种为谁，答言彭玉麟也。公笑而去。寻以人取而斩之。呜呼过矣！有人言康八曾令一匠剃发，匠与旁人言康八剽劫好杀人罪状，喋喋不休。康八忽起问曰："汝识康八乎？"对曰："否。"康八曰："我是也。"匠长跽乞哀，不许，出枪杀之，乃去。其事与此仿佛也。

沈相国

崇地山之割地图于敌人，则沈桂芬所保者也。时梁鼐鼎芬年二十一，方为庶常，具疏弹之。列名者编修三人，独鼐为庶常，例不能自行递折，必得掌院为之具奏。沈延见诸人，索折本读之，折中语语侵及荐主。沈颜色不变，即曰：

"崇厚该死，老夫亦无知人之明。此文章佳极矣，难得出诸少年之手。唯诸君之意如何？今日吾能战否？鲍春霆非大将才也，沅圃亦老暮，李少荃恐不胜任，将奈何？"语已，端茗趣行，而翯尚侃侃发议。去后，沈大恚曰："此人吾决不令之留馆。"已而翯文字佳，卒为同官所取，沈不能夺。

泰陵松柏

诸陵种树之多，无若泰陵。泰陵者，清世宗陵也。自崇陵达泰陵，为地十五里。出崇陵数里已见松柏，渐行渐夥。将近泰陵数里，一望皆老翠，阒不见天，大者可合抱。至泰陵神道，而老松插天，隆恩殿下有老柏二十余株，势尤古郁。余入时，循他道，出则绕出正门。行松柏阴中可数里，未尽也。吾国山多，果能以官中之力，护持如泰陵者，则森林之利未可言也。惜此时无论及者，可惜极矣。

陈卧子像

余访梁翯于梁格庄，翯所居名曰清爱室，图书插架。时温毅夫亦至，相与夜语。髯除舍舍余。院宇空静。余卧处有陈卧子画像，衣淡黄衫，一童煮茗。先生髯垂及腹，貌至清癯，画笔精绝，则闽人吴鲸作也。笔墨秀洁，茶铛水铫，一一精雅。余遍查画录，不得其名。然能为卧子写真，当是明之隐君子。闽人之名，往往不出里闬。以万山合沓中，不通中原，又语音殊，人多怪之。其负绝技而不见知于世，盖指不胜屈矣。

什　物

余家居时，每至一烟铺中闲坐。铺主为一老人，自记账籍，往往写"杂物"为"什物"。余初疑作俗书也，亦不之正。后读《谈薮》，器用谓之什物者，盖成周军法，以五人为伍，二伍为什，供其器物，故器用通谓之什物。又一月，复至烟铺中，闻铺主幼孙读《幼学须知》曰："始皇御讳曰政，故至今读月为正平声。"然余每见羲之书，或书正月为一月，或为初月，心疑逸少何以为始皇避讳。后读《老学庵笔记》，则王羲之先人有名正者，故避此字，至转以"政"字代之，始知非避始皇之讳。二事皆少时得诸烟铺者，故连类记之。

干将莫耶

　　干将、莫耶之名，人皆知之。而宋孔平仲《孔氏谈苑》则云：昆吾山，有兽如兔，食铜铁，胆肾皆如铁。吴国武库中，兵刃俱尽，而封署如故，得双兔杀之，胆肾皆精铁，方知兵刃悉为彼所食。乃铸肾为双剑，雄为干将，雌为莫耶。然则干将、莫耶，固有二说矣。

河豚鱼

　　余子宰大城时，厨人得河豚鱼，烹之，既熟，将进。余子以客至久坐，因不得进饭。厨人饥，先取鱼食之，立死。余子大骇，视之，中河豚毒也。因埋其余羹。按孔平仲《孔氏谈苑》："河豚鱼瞋目切齿，其状可恶，人食治不中度，多死。弃其肠与子，飞鸟不食，误食亦必死。登州濒海人，取其白肉为脯，先以海水洗净，换海水浸之，曝于日中，以重物压其上，须候四日，乃去所压之物，傅之以盐，再曝乃成。如不及四日，则肉犹活也。太守李大夫，尝以三日去所压之物，俄顷肉自盆中飞出，乃知瀹之不熟，真足杀人。"孔氏写河豚如此，余颇疑其谬。

蔡京姬

赵瓯北吊蔡元长诗，有"琼花三树诏勒回，东屏佛灯暗如雾"。余十六岁时，始得《瓯北集》读之，仿佛此事出《挥麈录》，然竟不省记。后读姜南《菩塔记闻》，果引《挥麈录》云：元长既南迁，中路有旨取所宠姬慕容、邢、武三人，以金人指名求索也。元长作诗以别云："为爱桃花三树红，年年岁岁惹东风。如今去逐他人手，谁复尊前念老翁。"诗意甚劣。误国之贼，罪过通天，得免刑诛，已属漏网，乃于二三侍女，尚尔眷眷耶！

大　王

闽人称社公，恒曰大王。社中祀鬼医，则曰医官大王。唯车弩境之医官大王最灵，社外人恒来求请，匪不应者。余少时，季父静庵先生病卧，久不起。祖母陈太孺人命余祷于大王之祠，得药签，按签取药，服之，一剂立愈。余私念吾胆巨矣，以签中虚拟之药，而医久卧之病，设误投者如何？季父虽愈，余犹悔惧不已。虽然，所谓医官大王者，敝俗祀鬼，不惟吾闽然也。苏州阊门外，旧有八大王祠，号"箭风八大王"，具清代衣冠，有疯疾者祷之辄应。然其灵应，恒以弩与箭名，意取其速愈乎？殊不敢知矣。

用　斧

　　甪里先生，甪字读若"律"，闽人谓无意中先脱走越者，咸曰"甪手"。有人持斧伤人，罪属故杀。而讼师状中，自叙用斧劈柴，竟至伤及人命云云。观者以为用斧劈柴，何至伤人？更延一名讼师改削。讼师至而笑曰："我但用一点半画，此呈即可用。"凶主求教，讼师索百金，迨议减至半。讼师将"用斧劈柴"四字颠倒，于"用"字上加一撇曰"劈柴甪斧，竟至伤人"。呈入，狱果得缓。

第　一

　　无论古今，评人文字，为己所心赏者必曰第一。此语极常见，不知乃极不通。以唐诗言，必曰李杜。既言李杜，则李一而杜二矣。然而尊杜者，又以杜为第一，此第一之不足凭也。但以元白韩柳言，元白心中，则自谓第一；而韩柳心中，亦自谓第一。以韩柳压元白，元白不服；以元白压韩柳，韩柳尤不服。然则孰第一耶？须知春兰秋菊，各有擅长。考据家之妄自张大，而文章家视之为拘挛；文章家之高自标置，而考据家亦斥之为空疏。皆非一定之论，不过人人各有佳处。还其佳处，即为定评。必品第于其间，其说凿矣。

李昌谷

王思任评昌谷诗："时而蛮吟，时而鹦鹉语，时而作霜鹤唳，时而花肉媚骨，时而冰车铁马，时而宝鼎熇云，时而碧磷划电，阿闪片时，不容方物。"可谓形容尽致矣。实则长吉之诗，原本于《骚》，出之以顽艳，为楚声之悲，复为秦声之亢，情深而文隐。用意所在，不易寻觅。若但猎其艳，则成为赝体，故后人学之者寡。

邻国咖啡

某君为德人，富于科学，其授课学生，恒征引歧出，绵亘无穷。见听者微倦，则间出谑谈以醒之。一日，论封建事，言有一国王，防诸侯疆域太广而难制，于是诸侯每生一子，辄封一国。王本有十五子，而此十五子者，人皆十五孙。十五孙中，又各诞十五曾孙。于是一小国中，又分为无数小国。祖王一日出立阶际，闻有异香，谓侍者曰："此何香也？"侍者启王曰："此邻国咖啡之香也。"于是学生闻者皆笑。而某君复转入科学，详悉讲解。余谓此君真善于诱掖矣。

刍　狗

《庄子》："夫刍狗之未陈也，盛以箧衍，巾以文绣，尸祝斋戒以将之。及其已陈也，行者践其首，苏者取而爨之而已。"陆德明注："刍狗，结刍为狗，巫祝用之，犹言物之适用时，虽刍狗贵也。"余为大学教习十年，李、朱、刘、严四校长礼余甚至。及何某为校长时，忽就藏书楼取余《理学讲义》，书小笺与掌书者曰："某之讲义，今之刍狗也，可取一分来。"掌书告余，余笑曰："校长此言，殆自居为行道之人与樵苏者耳。吾无伤也。"即辞席。已而何君为学生拳殴，受大僇辱。呜呼！此真践其首且爨之矣。

缺　唇

闽谚有云：缺唇人食龙眼，以手按之曰"汝往那里跑"，犹云不能他遁也。余昔过亡友王薇庵家，有郑姓者新娶妇，美，众欲索饮。郑吝，见人辄避。有林衡甫者，遮之勿听行，即引前谚调之。郑曰："汝能言缺唇典故者，吾即不吝作筵。"余笑曰："唐何晦《摭言》，李主簿调方干云：'措大吃酒点盐，下人吃酒点鲊。只见手臂著栏，未见口唇开裤。'方干瘦而缺唇，故李调之。"郑无言，遂延诸人饮于江楼。

赵亮熙

赵亮熙，字寅臣，蜀人也；赵以炯，黔人也。亮熙典试贵州，以炯则典试四川。有人戏出对句云："黔赵使蜀，蜀赵使黔。同是六品官，一部曹，一殿撰。"一时对者无人。已而赵亮熙复与蒯光典同为试官，沿道骂詈，自试事竣，至于复命，骂犹不已。遂有人偶以对句云："正考骂副，副考骂正。同行万里路，两伙计，两冤家。"此对专为蜀赵发也。赵狂愚可笑，多如此类。

仰光气候

缅甸多瘴，北人茹之立死。乾隆时，以阿桂督师征之，军士死亡过半。阿桂痛陈宜罢师，谕令出游弋之骑以扰之。阿言路远援绝，师出必皆死。高宗震怒，阿桂罢职，二子戍边。余未至缅甸，不知其气候如何，意必甚于台湾。曩者沈彦侯归自仰光，言仰光中气候唯十一月至正月，如京中之夏中；二月至五月，则暑气灼人欲死；六月至十月，则日夕大雨，弄晴不及半句钟，解衣置榻，咄嗟成霉。虫沸如雨，饭时蜥蜴恒自梁间堕落以十计，晓起帐顶蠕蠕皆蜥蜴也。人至其间，长日昏昏欲睡。而英人则远避于二百里之山上，唯十一月至正月在仰光耳。

闻钟辨晴雨

雨中听钟，多沉黯不甚分明；晴天欲晓，则寺钟分外嘹亮。余于四十五年前，奔余亡弟之丧于台湾。岁暮雨集，而先母太孺人望余甚切，然雨声仍琳琅不止。一夕，与林恂臣夜坐，近天明，忽闻钟声。恂臣贺余曰："大兄明日得归矣。果更雨者，决无此钟声。"已而果然。后读陆放翁《孤店》

诗云："孤店门前千万峰，酒浓不抵别愁浓。明朝晴雨吾能卜，但听兰亭古寺钟。"始觉古人已先我而言矣。

附录 《铁笛亭琐记》序

　　畏庐先生著《铁笛亭琐记》，不下千余条。然颇不甚爱惜，经余之所收者，十之二三耳。先生尚不欲梓行，余以为可惜。古来作者如林，而唐宋二代，为笔记者独多。有明太祖雄猜，自高清邱之狱，文人作诗颇留意，则私家记载，益形敛退。前清入关，文字之狱大猖。一字之不检，至赤其族，矧敢作笔记，以招忌者之谗，贡身自膏于斧质耶？《南山集》初无失检，而赵申乔锻成其狱。方望溪大儒，至以是出塞。小人之凶焰，可谓甚矣。纪文达之《阅微草堂笔记》，多谐谑，兼及鬼事。《聊斋》则专言狐鬼，故得无事。若稍涉时政，族矣。今先生所记多趣语，又多征引故实，可资谈助者。至笔墨之超妙，读者自能辨之。先生著作，浩如烟海，此特其余事而已。余辱与先生交往，几无虚日。书成，先生令弁数语于其上，亦以识先生之爱我也。丙辰五年宿松臧荫松叙。